デスマーチからはじまる
異世界狂想曲
23

「瞬動、螺旋槍撃——重ね」
リザ
橙鱗族の少女

タマ
猫耳族の少女
「忍法、影縛り〜？」
「ポチのイアイバットーの前には悪即ザザーンなのですよ！」
ポチ
犬耳族の少女

「あはは、わたしもゴシュジニウムを補充しよう～っと」
「それじゃ、私も」
サトゥー
異世界に迷い込んだアラサープログラマー
ルル
クボォーク王国出身。アリサの姉
アリサ
クボォーク王国の元王女。前世は日本人

デスマーチから
はじまる
異世界狂想曲
23

★★★

愛七ひろ

Death Marching to the
Parallel World Rhapsody

Presented by Hiro Ainana

口絵・本文イラスト
shri

装丁
coil

C O N T E N T S

Death Marching to the Parallel World Rhapsody 23

プロローグ

「マレター、お客」

「マレター、来た」

「マレター、早く」

店の奥にある台所で魔法薬の在庫を生産していると、膝丈《ひざたけ》くらいのハムスターみたいな蹴鞠鼠《ハム》人の子供店員がオレを呼びに来た。

「分かった。すぐ行くよ」

作りかけの魔法薬をストレージに収納し、わちゃわちゃとズボンの裾《すそ》を引っ張るハムっ子達と一緒に売り場に向かう。

「ロロはいないのかい？」

「ロロ、出かけた」

「ロロ、納品《のーひん》」

「ロロ、さっき言ってた」

オレが尋ねたロロとは、この雑貨店「勇者屋」の店主だ。

「おっ、やっと出てきたね」

「お待たせしました、ノナさん。今日は冒険の準備ですか？」

「この格好を見たら分かるだろ」

革鎧《かわよろい》がはち切れそうな肉体美をした女性冒険者のノナさんは、この雑貨屋の常連さんだ。

「下級の体力回復薬を五本と『迷わずの蝋燭《ろうそく》』を一〇本、それから保存食を三〇食分頼む。もちろん、高い方だぞ！　あの保存食を喰《く》ったら、草履の底みたいな干し肉と堅焼きパンなんか喰ってられないからな」

「ずいぶん買い込むんですね。今度は遠出するんですか？」

「ああ、でかい冒険者クランが主催する遠征に参加できたんだ」

彼女と出会ったとある事件でソロになっていたから心配していたけど、仲間ができたなら少し安心かな。

彼女が言った商品をカウンター裏の棚から取る振りをしつつ、ストレージから取り出してカウンターの天板に並べる。

嵩張《かさば》る保存食はハムっ子達が倉庫に取りに行った。オレとルルの研究成果が詰まった保存食は、この雑貨屋でも売れ筋の商品だ。

「マしター、保存食」

「マしター、運んだ」

「マしター、褒めて」

「皆《みんな》、偉いぞ」

保存食を運び終わったハムっ子達を撫《な》でると、ぷいぷいと鼻を鳴らしながら手と短い尻尾《しっぽ》をパタパタ振って喜ぶ。

ノナさんもハムっ子達の頭を撫でたそうに見ている。

喜ぶから、遠慮なく撫でてやればいいと思うよ？

「全部で、銅貨三本と一二枚——細かいのは負けて、銅貨三本でいいですよ」

「おう、悪いね！」

ノナさんが穴あき銅貨一〇〇枚を紐《ひも》で通した一貫銭を三本テーブルの上に載せた。

この都市では一般人の取引で銀貨や金貨を使うのを禁じられているので、こういった方法でまとめた銅貨が重宝されている。

高額の取引や貯蓄には宝石が使われているけど、小口の商取引では使いにくいんだよね。

「腰の剣も研ぎましょうか？」

「研ぎくらい自分でやってるぞ？」

そう言いつつも、ノナさんは腰の片手剣を抜いてテーブルの上に置く。

手入れはされているけど、ちょっと大雑把だ。ここは高温多湿の熱帯なので、手入れが甘いとすぐに剣がダメになる。

その為《ため》、ここでは彼女のような金属製の剣を使う者は少数派で、呪術師《じゅじゅつし》や死霊術士が鍛えた骨製武具が多数派を占めるのだ。

「ちょっとお借りします」

最近錬成に成功した特製の砥石《といし》を取り出して、ささっと剣を通すようにして研ぐ。

「これで少し切れるようになりましたよ」

ノナさんが疑わしそうな目をしていたので、垂らした紙を剣で撫で切るというパフォーマンスをしてみせた。

「うおっ、すげーな！　ロロのヤツ、すげー伴侶《はんりょ》を見つけやがったもんだぜ。この勇者屋が要塞都市アーカティアで一番の雑貨屋になるのも時間の問題だな！」

上機嫌で剣を腰の鞘《さや》に戻したノナさんが、良い笑顔で店を出て行った。

それと入れ替わりに、顔が隠れるほど中身の入った紙袋を抱えた少女が店に入ってくる。

「ロロ、おかえり」

「ロロ、ケガない？」

「ロロ、褒めて」

ハムっ子達がカウンターの跳ね戸を潜《くぐ》って、わちゃわちゃと少女の下に駆け寄る。

彼女こそが、この雑貨店「勇者屋」の店主ロロだ。

「おかえり、ロロ。さっきお客さんが来たよ」

「サトゥーさん、ただいま帰りました。ノナさんなら、会いました」

ロロの持つ紙袋を受け取ってやると、城が傾きそうな美貌《びぼう》が露《あら》わになる。

ルルと遜色《そんしょく》のない美貌と言えば、どれほど超越的な容姿か分かるというものだ。

それもそのはず。彼女の曽祖父《そうそふ》は勇者ワタリ——ルルと共通のルーツを持っており、髪の毛が金色という点を除けば、ルルと瓜二《うりふた》つの容貌をしている。

彼女との出会いはほんの一週間前。

カリオン神やウリオン神と一緒に旅をしていた噂《うわさ》が、バカンスを楽しんでいたガルレオン同盟まで追いついてきたので、オレ達は気楽な日々を過ごす為に西方諸国を離れた。

そして、次の訪問先に選んだのが、樹海迷宮の中央にあるこの要塞《ようさい》都市アーカティアだったのだ。

要塞都市アーカティア

〝サトゥーです。昔は言うに及ばず、現代でも自分の生まれ故郷を離れれば、多かれ少なかれ偏見や差別に晒《さら》される気がします。どんな国でも、話してみると一人一人はいい人なんですけどね。〟


「見えてきたぞ、あれが要塞都市アーカティアだ」

熱帯のジャングルのような樹海迷宮の中心部に、その都市はあった。

都市としてはあまり大きくない。異世界で最初に訪れたセーリュー市の五分の一ほどの小さな都市だ。それでも迷宮のただ中にあると考えると、異例の大きさなのかもしれない。

「卵のような外観ですね」

凜々《りり》しい顔で呟《つぶや》いたのは先頭を進むリザだ。

しなやかな尻尾には橙鱗《とうりん》族の証《あかし》であるオレンジ色の鱗《うろこ》が覗《のぞ》いている。

リザが言うように、要塞都市アーカティアの外壁は寝かせた卵のようにドーム状に都市を覆っていた。

今日は馬車を使えないので、オレが作り出したゴーレム走竜の背に乗っている。

「ポチの卵さんと似ているのです」

茶色い髪をボブカットにした犬耳犬尻尾の幼女ポチが言う。

リザと併走したポチが、卵帯から取り出した「白竜の卵」を掲げてドーム状の外壁と見比べる。

「あっちは割れてる～？」

そう指摘したのは白い髪をショートにした猫耳猫尻尾の幼女タマだ。

彼女が言うように、要塞都市の外壁は上部で歪《いびつ》に終わっており、割れているようにも見える。きっと陽光を取り込む為だろう。

「ポ、ポチの卵は絶対、絶対、絶対割れたりしないのですよ！　絶対なのです！」

ポチが卵を抱き締めて、必死に主張した。

西方諸国を観光中に、先代の羽竜蜥蜴《とかげ》の卵が割られてしまったのがトラウマになっているのかもしれない。

まあ、本物の「竜の卵」はそこらの鎧より遥《はる》かに頑丈だから、ちょっとやそっとじゃ割れようがないけどさ。

「茨《いばら》」

少し疲れた顔でそう呟いたのは、淡い青緑色の髪をツインテールに結ったミーアだ。

リズミカルに歩むゴーレム走竜の動きに合わせて髪が揺れ、エルフの特徴である少し尖《とが》った耳が見え隠れしている。

「イエス・ミーア。茨の壁が都市沿いにあると告げます」

無表情に告げたのは、金髪巨乳美女のナナだ。

「あの茨で小型や中型の魔物が都市に近寄らないようにしているみたいね」

そう評価したのは忌み嫌われる紫色の髪をブロンドのカツラで隠した転生者の幼女アリサだ。さっきまではカツラを外していたのだが、都市が近付いたからトラブル防止に装着したのだろう。

「茨は魔除《まよ》けの効果があるから、クボォーク王国の下町でも編んで玄関先に飾ったりしていました」

意外な豆知識を教えてくれたのは、アリサの姉で傾城《けいせい》という言葉を体現したような超絶美少女のルルだ。艶《つや》やかな黒髪に木漏れ日が差し込み、天使の輪っかが彼女の美貌にさらなる彩りを与える。

地球なら世界的なアイドルも夢ではない美貌なのに、この世界の審美眼では不美人と評されてしまう。美人の定義は地域や時代で変わるけれど、これだけの美貌が評価されないなんて不思議な感じがするね。

「ご主人様、どうかしましたか？」

「いや、ルルは今日も可愛《かわい》いと思ってたんだよ」

オレがそう言って誤魔化《ごまか》すとルルが真っ赤になって顔を伏せた。

「ご主人様、わたしは！」

「褒めて」

「タマも～？」

「ポチだって褒めてあげてほしいのです！」

「マスター、『可愛い』をリクエストすると主張します」

リザ以外の他《ほか》の子達が一斉に反応した。

いつも褒めていると思うけど、褒めすぎる分には構わないだろうと、リザを含め全員を順番に褒める。

そうこうしている内に、視界が切り替わり、要塞都市の正門がよく見えるようになった。

都市周辺の木々が切り払われているのもあるが、視界が切り替わったのは樹海迷宮特有の空間歪《わい》曲《きょく》による。この樹海迷宮は「ボルエナンの森の結界」や「彷徨い海《ワンダリング・オーシャン》」とは別の理論で空間がねじ曲がっていて、まっすぐ歩いているつもりでも、いつの間にか方向や場所が変わってしまうのだ。

この空間歪曲エリアは空中にも延びており、上空まで続いている。

アリサの空間魔法でキャンセルする事もできるのだが、それをするとより一層面倒な事になるのを短い間に学んだので、素直に迷路を進むように樹海迷宮を踏破してきた。

ちなみに、この迷宮がある樹海は大陸有数の大国であるシガ王国並みに広い。樹海迷宮があるのはその何割かだ。

「――おっ」

マップが変わった。

ここからは「要塞都市アーカティア」のマップのようだ。

オレは全マップ探査の魔法を使って情報を得る。この都市は獣人が圧倒的に多く、続いて多いのが蜥蜴《とかげ》人や鰐《わに》人などの爬虫《はちゅうるい》類系亜人。妖精《ようせい》族の中ではレプラコーンやスプリガンが多い。エルフやノームは全くおらず、ドワーフも数人だけ。珍しい事に、ここでは人族が人口の一パーセント程度の少数民族だ。

「ここは賢者の弟子は来てないのよね？」

　パリオン神国で賢者ソリジェーロの陰謀に巻き込まれ、西方諸国観光では賢者の弟子であるバザンによる「まつろわぬもの」騒動の始末に関《かか》わったせいか、アリサが念を押してきた。

　ひょんな事から同行していたカリオン神やウリオン神と共闘して事なきを得たが、それがなかったら、けっこう大変な事態になっていたかもしれないからね。

「ああ、セレナはそう言っていたな」

　エチゴヤ商会の元怪盗ピピンと一緒に後者の解決に関わっていた賢者の弟子セレナによると、賢者の弟子達が派遣されている迷宮の中にここは入っていなかった。正確には派遣予定だったセレナが後始末に駆けずり回っているので誰《だれ》もいない、かな。

「ここは平和だといいですね」

　ルルが爽《さわ》やかな笑顔で言う。

「迷宮のただ中で『平和』ですかと問います」

「ん、剛毅《ごうき》」

　ナナとミーアが仲間の豪胆さに笑みを浮かべた。

「ああ、いえ。そういう意味では……」

　焦るルルも可愛い。

　オレは仲の良い仲間達を愛《め》でつつ、マップ情報の最終チェックを進める。

　――げっ。

魔族に憑依《ひょうい》されている獣人を何人か見つけてしまった。

放置すると余計な厄介事を起こすので、早めに対処しておこう。

幸い、ユニークスキル持ちや魔王信奉者はいない。

「茨のアーチ」

「小さな薔薇《ばら》が可愛いと告げます」

ミーアとナナが茨の壁に作られたアーチを見つけた。

騎乗したままだと頭を擦《こす》りそうなので、下馬してゴーレム走竜を土に返す。

茨のアーチに近付くと、「茨結界」という文字がＡＲ表示された。詳細情報によると、悪意ある存在や魔物に対して警戒感や忌避感を与える結界のようだ。

三度ほど茨の壁に作られたアーチを潜ると、要塞都市の正門へと辿《たど》り着く事ができた。


「ターレエ！」

門番の狼《おおかみ》人が何か叫んだ。


＞「アーカティア語」スキルを得た。


「トワァーレ！」

今度は狼人の横にいる熊人が叫ぶ。

＞「南西諸国共通語」スキルを得た。

「ご主人様、どっちも『止まれ』って言ってるわよ」

アリサがエルフの里で貰《もら》った翻訳指輪で通訳してくれた。

なるほど、確かに「止まれ」と聞こえなくもない。言葉の種類としては「灰鼠人族語《はいねずみ》」や「豹《ひょう》頭族語」なんかの獣人系言語に近い。

普通にしていると発音が難しいので、新たに得たスキルにスキルポイントを割り振って有効化《アクティベート》しておく。

「見ない顔だな？　アーカティアは初めてか？」

「ええ、初めてです」

「ピカピカの鎧《よろい》を着た金持ちの道楽か。小僧は鎧すら着ておらん」

熊人が嘲《あざけ》るような顔で嘆息した。

「おまけに『毛なし』だぜ」

今度は狼人が見下すような顔で吐き捨てた。

彼が言う「毛なし」とは獣人以外に対する蔑称《べっしょう》のようだ。

アリサとリザが反応していたが、ジェスチャーで抑えるように伝える。

「冒険者証を提示しろ、毛なし」

「まだ登録していないので、シガ王国の身分証でよろしいでしょうか？」

「――ああ、構わん」

彼らはオレが蔑称に反応しなかったのが面白くなさそうな感じだ。

ちなみに、要塞《ようさい》都市アーカティアというか樹海迷宮を攻略する者は、攻略者や探索者ではなく冒険者と称される。元々は未知の樹海を冒険する者達だから冒険者と呼ばれるようになったと、ガルレォーク市で入手した本に書いてあった。

「ちっ、毛なしの上に貴族か」

「通っていいぞ。アーカティアで問題を起こすなよ。貴族が相手でも誰も遠慮してくれんから肝に銘じておけ」

「それに市内で目に余る行いをすれば大魔女様の魔法で串刺《くしざ》しになるからな」

門番達に身分証を見せると、渋々といった感じだったが通行を許可された。

ここでは人族だけでなく、貴族階級も嫌われているようだ。

◆

「真ん中に芯《しん》があると告げます」

「食べ残し～？」

「ポチは林檎《りんご》の芯だって残さず食べるのですよ！」

ナナ達が言うのは、要塞都市アーカティアの中央に聳《そび》える塔だろう。

その先端は割れた卵状の外壁に匹敵する高さがある。ＡＲ表示によると「大魔女アーカティアの塔」となっているので、この要塞都市の名前は支配者である大魔女から付いているようだ。

「ねぇねぇ、ご主人様、気付いてる？」

「周りの視線かい？」

オレが問い返すとアリサが頷《うなず》いた。

門を潜《くぐ》ってから、獣人系の通行人からの無遠慮な悪意の視線がチクチクと刺さっていたからね。

「皆《みんな》、外套《がいとう》のフードを被《かぶ》るようにしよう」

この外套は通気性がいいけど、念の為《ため》、オレ達の身体《からだ》の周りをオリジナル魔法の「空調《エアコン》」で快適な温度に設定しておく。

「さっそく冒険者になりにいく？」

「先に宿を取ろう。後は観光しつつ、冒険者ギルドに行こうか」

アリサが目を輝かせて言うが、まずは当面の拠点を決めないとね。

「――毛なしを泊めるなど、この宿の品位が下がります。毛なしなら毛なしらしく、都市外周にある木賃宿を探しなさい」

中央の大通りを進み、塔からほど近い中心街に良さげな高級宿を見つけたので、さっそく部屋を取ろうとしたのだが、けんもほろろに断られてしまった。学生時代に貧乏旅行をして黄色人種を差別する国で宿が取れなかったのを思い出す。

「ご主人様、宿は他にもあります」

リザがそう言って励ましてくれる。

気落ちしているつもりはなかったが、過去のエピソードを思い出してちょっとナイーブになっていたようだ。シガ王国のセーリュー市で門前宿に泊まれなかった時のリザ達もこんな気持ちだったのかもね。

「そうだね、リザ」

でも、木賃宿は雑魚寝が標準だから、仲間達の事を考えると泊まりたくない。

土地を買って家を建てるか、迷宮の中に住居を作ろう。

「予定を変更して冒険者登録を先にしようか」

「賛成！」

アリサが即座に同意して、他の子達もそれに続いてくれた。

マップ検索した情報によると、冒険者ギルドは三つある外門の近くに一つずつある事が分かったので、その中で一番大きな本部ギルドへと向かう事にした。道中のトラブル防止に、獣人の幻影を上に被せておくとしよう。

◆

「マスター、スケルトンを発見したと報告します」

ナナの言葉に視線を巡らせると、通りから見える工事現場にスケルトンの集団を見つけた。

「骨の人は肉がないからイマイチなのです」

「タマが倒す～？」

「大丈夫なのです。ポチも戦うのです。ポチは好き嫌いのない良い子なのですよ！」

「待ちなさい、二人とも。周囲の人間にスケルトンを怖がっている様子がありません」

リザが言うように、スケルトン達は工事現場で働いているようだ。

なかなか珍しい光景だが、周りの反応を見るに、ここでは当たり前の光景らしい。

「ちょっと近くに行ってみようか」

少し興味があったので、工事現場の方に近寄ってみた。

スケルトン達は肉体労働や汚れ仕事を主に担当しているらしい。

「あの現場監督みたいな人が死霊術士みたい。あの人が使役しているのね」

アリサが工事現場を見回しながら言う。

「不思議な光景ですね。獣人の労働者とスケルトンが協力して働いています」

「ん、調和」

ルルとミーアが感心したように呟《つぶや》くと、その横でタマとポチの二人もフンフンと分かったような顔で頷いている。

「外から来た人かい？」

獣人の幻影を纏《まと》っているからか、通りを歩いていた人が気さくに声を掛けてくれた。

「ええ、今日着いたばかりです」

「そうか。驚いたかもしれないけど、このアーカティアでは普通の光景なんだよ」

「そうなんですか？」

「うむ、大魔女様が古《いにしえ》の死霊術士と契約を結んでね。彼らに安住の地を与える代わりに、要塞都市に奉仕する事を求めたそうなんだよ」

だから、要塞都市のスケルトンは人を襲ったりしないんだと教えてくれた。

「──馬鹿《ばか》野郎！」

突然の怒声に、タマとポチの耳と尻尾《しっぽ》がピンッと伸び、毛を逆立てて驚く。

怒声の方を見ると、若手の死霊術士がベテランに叱《しか》られていた。

「シャーシ！　強引にやりすぎるな！　スケルトンをもっと労《いたわ》りやがれ！」

「だ、だけど、先輩。こいつらは痛みなんて感じない──」

「うるせぇ！　お前には死者に対する敬意がないんだよ！　俺達は遺族から大事な人の遺骨を借りているんだ！」

「対価は払っているじゃないっすか」

「金を払えばいいってもんじゃない事くらい分かれ！　お前のお袋が死んでから遺骨がガラクタみたいに乱暴に扱われてたらどう思う？　それを見た人達は？　そんな扱いをする奴《やつ》に、大事な人の遺骨を預けてくれる人がいると思うなよ！」

スケルトンの素材は魔物の死骸《しがい》じゃなくて、住民から提供されたモノだったのか。

ここの死霊術士はシガ王国と違って、人々の生活に浸透しているようだ。

「にゅ！　にゅにゅ！」

タマがオレの服の袖《そで》を引いた。

その視線を追うと、死霊術士らしき服を着た蛙《かえる》人の老人がボロボロの服を着た冒険者らしき鼠人と接触している姿があった。

——おっと。

冒険者の方はさっき見つけた魔族に憑依《ひょうい》された奴だ。死霊術士やスケルトン達にかまけて、いつの間にかレーダーに入り込んだ赤い光点を見落としていた。

タマに「ちょっと行ってくる」と囁《ささや》いて魔族の方へと足を向ける。

だが、オレが介入する直前に誰《だれ》かが割り込んで、憑依している魔族ごと冒険者を真っ二つに斬《き》り裂いてしまった。

悲鳴が上がり、人々の視線が惨殺者——灰色の髪をした狼人の青年に集まる。

だが、当の青年は人々の悲鳴も視線も野に吹くそよ風のように気にも留める様子はない。

ＡＲ表示が彼の正体を教えてくれる。

——マジか。

予想外の存在に驚きを隠せない。ファンタジー作品でも竜に匹敵する存在として描かれる事が多い種族——。

「フェンさん！」

オレの頭上を飛び越えて、二十代半ばほどの赤髪の女性魔法使いが現れた。鍔《つば》の広い大きな帽子を被った地味顔の女性だ。

翻ったスカートと健康的な美脚に、思わず思考が停止する。

「ティアか」

「ティアか、じゃありません！　もう、こんなに血まみれにして！　――皆さーん、この人は指名手配犯を始末しただけで、凶悪犯じゃありませんから安心してくださーい」

ティアと呼ばれた女魔法使いが、風魔法の補助を受けて不安そうな人々に声を掛ける。

「ティアさんの知り合いか、びっくりしたぜ」

「まったくだ。ティアさんが言う事なら心配いらないな」

ティアの言葉を聞いた人達が、そんな事を口にしながら三々五々に散っていく。

先のフェンの正体ほどではないが、このティアという魔法使いの正体もなかなかだ。

『いきなり乱暴っプー』

『まずいっプー、逃げるっプー』

フェンが真っ二つにした冒険者の断面からにじみ出るように、樹皮のような表面をした二つの唇に手足を付けた異形が現れた。魔族の出現に周囲の人達が逃げ惑う。

「もう！　フェンさん、まだ残っているじゃないですか！」

詠唱短縮らしき早業で放たれたティアの土魔法「緑柱石筍《トス・ベリル》」が、樹皮唇魔族を滅する。

相手がレベル三〇の下級魔族とはいえ、鮮やかな手並みだ。

彼女に遅れた魔法使い風の人達が、死霊術士達やスケルトンと協力して死骸の後始末を行っている。

——いない。

殺された冒険者と一緒にいた死霊術士がいなくなっている。

マップで検索してみたが、この都市には死霊術士が珍しくないので特定できなかった。

「ご主人様、何かあったの？」

「魔族が憑依していた人や出てきた魔族を、あの狼人《おおかみ》っぽい人と魔女さんが倒したんだよ」

後ろからアリサ達がやってきたので、状況を説明してやる。

「狼人？　どこにいるの？」

振り返ると、フェンもティアもいなくなっていた。

マップで確認すると、他《ほか》の魔族憑依者を追いかけていたらしく、次々とマップ上の赤い光点が消えていく。

ちょっとやり方が乱暴だけど、要塞《ようさい》都市の偉い人と一緒に行動しているみたいだし、面倒事を担当してくれたと思う事にしよう。実のところ、ちょっとだけ興味があるから、何かの機会があれば、一緒に酒でも酌み交わしてみたいね。

◆

「通行禁止なんて運が悪かったわよね」

内側に歪曲《わいきょく》した外壁を見上げながらアリサが嘆息した。

フェンが魔族退治をして回った影響か、憑依していた魔族が暴れたからか、冒険者ギルドへの通り道が通行止めになっていたので、オレ達は外壁沿いを通る遠回りを余儀なくされていた。

「にゅ？」

「にゃんこの幻が解けちゃったのです」

道路沿いにあった茨《いばら》のアーチを潜《くぐ》ったら、纏っていた獣人の幻影が解けてしまった。

どうやら、大魔女が設置した不審な者を排除する為《ため》の魔法装置らしい。

「もう一度掛ける？」

「いや、また解除されそうだし、やめておくよ」

何度も引っかかったら大魔女に警戒されちゃいそうだしね。

オレ達はフードを目深に被《かぶ》るだけの変装で道を進む。

「むぅ」

壁際にはボロ屋や掘っ立て小屋が軒を連ね、ボロを纏った人達や療養中らしき冒険者や昼間から春をひさぐ男女が屯《たむろ》している。

この都市は辿《たど》り着いた者は誰でも受け入れるのか、近隣諸国から流れてきた難民やならず者もけっこういるようだ。

「この辺りは治安が悪そうですね。ポチ、タマ、周辺警戒を厳にしなさい」

「あいあいさ～」

「らじゃなのです」

獣娘達が気合いを入れて、こちらを窺《うかが》う人相の悪い獣人達を牽制《けんせい》する。

外壁沿いはちょっと治安が悪そうなので、もう少し内側の道にコース変更しよう。入り組んだ街路を通るから少し遠回りになるけど、治安や風紀が乱れていない道の方が教育に良さそうだ。

「すまんす！　おいらは未来を掴《つか》むっす！」

外壁近くの店舗から馬人が飛び出してきた。

幸い、オレ達の何メートルか前方の建物だったので、出会い頭にぶつからずに済んだ。

「セイコーさん！　待ってください！」

馬人を追いかけてきた金髪の少女が叫ぶ。

「せめて、今度の納品が終わってから――」

「許してくださいっす、店長ー！」

だが、馬人は懇願する店長らしき少女の腕を振り払い、サラブレッドのような速さで走り去ってしまった。

少女店長が膝《ひざ》を突いて落胆する。

「ロロ、大丈夫」

「ロロ、元気出して」

「ロロ、どこか痛い？」

そんな少女店長の下に、膝丈くらいのハムスターみたいな蹴鞠鼠人《ハム》の子供達が転びそうになりながら駆け寄る。

「よ、幼生体」

ナナがふらふらとハムっ子達に近付いていく。

「待つ」

「ノー・ミーア。保護が必要だと訴えます」

ミーアがナナの服を掴むが、ミーアをそのまま引き摺《ず》っていく。

よっぽどハムっ子達が魅力的に見えるのだろう。

「ロロ、何か来る」

「ロロ、守る」

「ロロ、助けて」

「どうしたの、皆《みんな》?」

ハムっ子達が鼻息荒く近付くナナを警戒し、ロロと呼ばれた少女店長が振り返る。

——おおっ。

涙に濡《ぬ》れる瞳《ひとみ》がオレの庇護欲を掻き立てる。

国を傾けそうな美貌《びぼう》がそこにあった。

「うそっ」

「驚愕《きょうがく》」

アリサとミーアが驚きの声を漏らした。

獣娘達が驚くのも忘れて少女を凝視する。

「ロロ、あっちにもいる?」

「ロロ、二人いる?」

「ロロ、どうして?」

「どうしてって――あなたは、誰《だれ》?」

ハムっ子達やロロが見るのは、星を傾けそうな美貌を持つ黒髪の美少女ルルだ。

「わ、私はルルって言います。初めまして!」

「は、初めまして……私は『勇者屋』店長のロロです」

ルルとロロが互いを凝視しながら自己紹介する。

「驚いたわね、ご主人様」

「ああ、まさか――」

オレはアリサと一緒にルルとロロを見る。


「――ルルと同じ顔をした子がいるとは思わなかったよ」


そう、ロロは金色という髪を除けば、どこまでもルルと同じ美貌をしていた。

「初めましてロロさん。私はルルの連れでサトゥーと申します。何かお困りのご様子でしたが、よ

ろしかったらお手伝いをさせていただけませんか？」

ルルと同じ顔をした子が困っているのを見過ごせないからね。

「い、いえ、知り合ったばかりの方にご迷惑をおかけするわけにはっ」

「お節介かもしれないけど、納品前に技術者に逃げられて困っているんじゃないの？　ご主人様の腕は確かよ？　錬金術師か魔法道具師が入り用じゃないの？」

「れ、錬金術が使えるんですか？」

最初は固辞しようとしたロロだったが、アリサの言葉を聞いて態度を変えた。

「ええ、人並みの腕はあります」

アリサがなんともいえない顔で「人並みで伝説の金属は作れないわよね～」なんて呟《つぶや》いてミーアと頷《うなず》き合っている。

「だったら、お願いします！　もう締め切り間近なんです！　材料は揃《そろ》っています。お金はそんなに払えないけど、私にできる事ならなんだってしますから！」

ロロがオレの腕に掴まって懇願する。

「女の子が『なんだってします』なんて言っちゃダメですよ」

アリサやミーアが角を生やしちゃうからね。

「……は、はい」

赤くなったロロを促して「勇者屋」の店舗内に入る。

依頼は「迷わずの蝋燭《ろうそく》」を二〇〇本と下級体力回復薬を五〇本らしい。前者のレシピは知らないが、前任者の馬人が残したメモ書きがあったので、錬成に問題はない。後者の魔法薬も見知らぬ材料だったが、蝋燭と同様にメモ書きがある。

「急な依頼だったんですか？」

「はい、一週間くらい前です」

台所の横にある狭い作業机には、作業した形跡が全くなかった。

「初めての取引先なので、セイコーさんには納期に間に合うように最優先で作業してくださいって言っていたんですが……」

なんとなく厭《いや》な予想が脳裏を過《よぎ》ったが、下衆《げす》の勘ぐりになりそうなので脳裏から振り払う。

「大丈夫ですよ、一週間もかかりません。ミーア、アリサ、手伝ってくれるかい？」

「ん、任せて」

「おっけー！」

「タマも手伝う～？」

「ポチだってエイヤーってお手伝いするのですよ！」

ミーアとアリサにサポートを頼むと、他の子達も自主的に手伝いを申し出てくれた。

「ご主人様、私にもお手伝いさせてください」

「もちろん、私も頑張ります！」

「ありがとう、皆で頑張ろう」

ルルとロロの二人も、姉妹のように並んで声を揃えた。

「ロロ、助けて」

「ロロ、逃げられない」

「ロロ、ふかふか」

「幼生体、暴れてはいけないと告げます」

ハムっ子達の焦った声に振り向けば、三人のハムっ子達を抱き締めてご満悦なナナがいた。

あいかわらず、ナナはマイペースだ。

「さて、作業を始めようか」

こうして、オレ達はロロの窮地を救い、そのまま勇者屋に下宿する事になった。

樹海迷宮

〝サトゥーです。大学時代に山林整備のアルバイトに参加した事がありますが、道のない森に分け入って山を歩くのがあんなに大変だとは思いませんでした。整備された山道とは全く違いますね。〟

「ふん、ふふふん」

アリサが笑顔でスキップする。

勇者屋の納品が終わった翌々日、オレは仲間達と一緒に樹海迷宮の攻略に出かけていた。

「上機嫌」

「イエス・ミーア。アリサは『銀虎級《ぎんこ》』冒険者からスタートするのが嬉《うれ》しいのだと推測します」

会話するミーアとナナの胸元には、虎《とら》の顔を象《かたど》った銀色の冒険者証がぶら下がっている。

冒険者証は野鼠《のねずみ》級から始まって、餓狼《がろう》級、銀虎級、金獅子《きんじし》級へと等級が上がっていく。オレ達は迷宮都市セリビーラのミスリル証を持っていたので、上から二番目の銀虎級でスタートとなった。

「それだけじゃないわよ。冒険者ギルドでの登録はお約束の連続だったじゃない！　『ここはお子様の来る場所じゃないぜ？』って絡んでくるモブとか、ミスリル証を出して受付嬢に驚かれたりとか、アーカティアに到着するまでに狩っていた大量の魔物素材を提出して別室に招かれて、ギルド長に一目置かれたりとか、『これぞ冒険者！』って感じでしょ？」

アリサが浮かれた顔でくるくると踊る。

その内の半分くらいは迷宮都市セリビーラでやった気がするのだが、アリサにとっては何度やっても楽しいイベントだったみたいだ。

「ジャングルって、思ったよりも起伏が激しいのね」

「そうだね。アマゾンとかだと平地に広がっているイメージだけど、ここは数メートル単位の上下がある分、歩きにくいかな」

セリビーラの迷宮も起伏が豊かだったけど、ここは木の根が張り出したり蔦《つた》が垂れていたり雑草が足下を隠していたりする。

「にゅ！　右三、肉。左一、草。中央五、虫。虫、戦闘中〜？」

先頭を歩いて周辺警戒をしていたタマが、皆に魔物の接近を警告する。

タマが言う「肉」は哺乳類《ほにゆうるい》や爬虫類《はちゆうるい》の魔物、「虫」はそのまま虫系の魔物、「草」は植物系の魔物の略称だ。別段、ゲームのように別種の魔物が連携している訳ではなく、それぞれの方向に進んだら警告にあった種類の魔物に遭遇するという報告だ。

「右からですね」

「はいなのです。肉は幾らあっても困らないのです」

リザとポチが頷き合う。

「よろしいですか？」

「二人に任せるよ」

この辺りは樹海迷宮の深部に当たるのだが、要塞《ようさい》都市アーカティア周辺は瘴気《しょうき》濃度が薄い為《ため》、あまり強い魔物は徘徊《はいかい》していない。

リザとポチが一〇メートルほど進むと、その姿が唐突に消えた。

これが樹海迷宮の空間歪曲《わいきょく》だ。二人の位置はマップやレーダーで把握しているし、移動経路も覚えているので大丈夫だ。それにここの空間歪曲はある意味安定しているので、同じ方向に進めば合流できる。

いざとなったら、リスクを承知で「ユニット配置」で仲間達を引き戻す方法もあるしね。

「草、やる」

「ミーアの護衛は任せてほしいと告げます」

——フォン。

ミーアとナナだけでなく、ミーアが使役している風の疑似精霊シルフも気合い十分だ。

「それじゃ、わたしはルルと一緒に中央の戦闘を確認してくるわ。危なそうだったら介入するけど、いいわよね？」

「ああ、アリサに任せるよ」

仲間達がそれぞれの方に進んで消える。

タマと一緒にしばらく待っていると、リザとドヤ顔のポチが「獲物なのです！」と言って猪《いのしし》風の魔物の死骸《しがい》を担いで戻ってきた。

少し遅れてブロッコリー風の魔物の死骸を引き摺《ず》ったナナとミーアが戻ってくる。

今日のお昼はブロッコリーを使ったシチューと猪肉のスペアリブあたりがいいかな？

魔物の死骸を獲物運搬用の「魔法の鞄《マジック・バッグ》」に収納し、アリサとルルが消えた前方へ皆《みんな》で移動する。

歪曲空間を抜けると、広場のような場所に出た。


「ダッツがやられた！　このままじゃ崩れる！　ボーズホースとドッソを回してくれ！」

「こっちもギリギリだ！　もう少し耐えてくれ！　そうしたら、バッグとドッソを送れる！」

男達の怒号が聞こえて来た。

歪曲空間越しだと、声が届かないんだよね。

アリサとルルがいたので、そちらに向かう。

盆地のように凹《くぼ》んだ広場で、軽トラサイズの巨大蟻《あり》五匹と三〇人ほどの冒険者が戦っていた。

「なかなか良い動きですね」

「あくろばてぃっく〜？」

「ぎゅんぎゅんざしゅざしゅしているのです」

獣娘達が獣人戦士達と巨大蟻の死闘を観戦している。巨大蟻は動きが鈍いものの硬くてタフなようだ。

冒険者の内、五名ほどが離れた場所で治療を受けており、二人の魔法使いが風魔法と氷魔法で戦士達を援護していた。見る限り、後衛やポーターを除く全員が負傷しているようだ。

「苦戦しているみたいだね」

「蟻が酸のブレスをシャワーみたいに吐くのよ」

「援護を申し出たんですが、断られちゃいました」

アリサが苦戦の理由を、ルルが救援に入っていない理由を教えてくれた。

「でぃんじゃ～でぃんじゃ～？」

「おかわりが来たのです！」

盆地の対面に位置するジャングルから、忽然《こつぜん》とムカデ系の魔物が三匹ほど現れた。

この迷宮は歪曲空間の向こうから突然のエンカウントがあるから油断ならない。

「むぅ」

「キモイのが来たわね」

「虫さんは美味《おい》しくないから、ポチはあんまり好きじゃないのです」

「ムカデの甲殻は使い道が多いんだよ」

耳をぺたんとするポチの頭を撫《な》でる。

「いえすぅ～。蛙肉《かえる》の甲殻焼きは美味～？」

「ええ、そうですね。セーリュー市の迷宮を思い出します」

そういえばフライパンに穴が開いちゃったから、耐熱性の高いムカデの甲殻を鉄板代わりにして蛙肉を焼いて食べたっけ。

「マスター、冒険者の一部が逃走し、戦線が崩壊したと告げます」

「ああ、これはマズいね」

二人、三人と逃げ出したのをきっかけに、一気に戦線の均衡が崩れて大変な事になっている。

「ルルとアリサは向こうのムカデを倒してくれ。ミーア、シルフを分裂させて蟻を牽制《けんせい》。攻撃はしなくていい」

オレの指令に頷いて三人が行動を開始する。

「オレ達は銀虎級冒険者『ペンドラゴン』だ！　これより救援を開始する！　異議があれば後で聞いてやる！」

普通に「救援はいるか？」だと意地を張って断りそうな気配を感じたので、ちょっと強引に宣言した。

「リザ達は蟻を一匹ずつ討伐してくれ」

前衛陣が駆け出したのを確認し、残り一匹の蟻に「誘導矢《リモート・アロー》」を三本ほど撃ち込んで倒しておく。

「ミーア、一緒に来てくれ。重傷者の治療をしよう」

「ん、任せて」

ミーアを抱きかかえ、盆地へと飛び降りる。

オレ達が重傷者の所に到着する頃《ころ》には、仲間達の手によって魔物は完全に沈黙しており、逃げ惑っていた冒険者達も、何が何やら分からないといった顔で棒立ちしていた。

「重傷者の治療を手伝うよ」

「ああ、助かる――」

「余計な事をするな！」

礼を言おうとしたゴリラ人の大男を遮って、獅子人の中年男が割り込んできた。

「そもそも救援は不要だと言ったのを忘れたのか！　『毛なし』が勝手なマネをしやがって！　俺は救援の対価なんぞ払わんぞ！　迷惑料を貰《もら》いたいくらいだ！」

獅子人が罵声《ばせい》を浴びせてくる。

まあ、緊急事態とは言え強引に割り込んだのだし、異議があれば後で聞いてやるとも言ったけど、ここまであからさまな敵意をぶつけられると少し鼻白んでしまうね。

「いいか、『毛なし』野郎！　今すぐここを立ち去――」

「この馬鹿《ばか》野郎が！」

なおも罵声を続けようとした獅子人の頭に、ゴリラ人が大きな拳骨《げんこつ》を叩《たた》き付けた。

ボゴッと大きな音を立てて獅子人の頭が地面にめり込む。

獣人は頑丈なようで、普通なら失神してもおかしくない一撃を受けても沈黙していなかった。

「何をしやがる！　このゴリラ野郎！」

「うるせぇ！　この大馬鹿野郎が！　てめぇはリーダー失格だ！　相手の強さも分からずに噛《か》みついてんじゃねぇ！」

立ち上がった獅子人とゴリラ人が素手で殴り合いを始めてしまった。

どちらも手加減なしに殴り合っているからか、血飛沫《ちしぶき》が飛び散ってなかなかバイオレンスだ。

殴り合いはゴリラ人の方に分があったらしく、顔を大きく腫《は》らした獅子人がノックアウトされて大の字に倒れて終わった。

「悪かったな、兄さん。こいつは毛な――人族を病的に嫌っていてな。さっきの無礼な発言は俺が代わりにボコボコにした事で許してくれ」

いや、そこまでしてほしいとは思っていません。

「やべぇ、ダッツが息をしてないぞ」

「ダメだ。あたしの魔法じゃ効かない！　魔法薬！　誰《だれ》か中級の魔法薬を持ってない?!」

殴り合いの向こうで治療を続けていた鼠人の女水魔法使いが叫ぶ。

「治療するぞ?」

「できるのか？　なら、頼む！　対価は――」

「後だ。――ミーア、頼む」

「ん、『治癒：水《アクア・ヒール》』」

値段交渉を始めようとするゴリラ人を遮ってミーアに指示すると、ミーアは詠唱を完了し発動を保留していた水魔法をダッツ某《なにがし》に向けて使った。

「やったー！　ダッツが息を吹き返したぞ！　ダッツ、分かるか？　生き返ったんだぞ、お前」

「凄《すご》い……あたしの魔法とは段違いだ……」

「ぱっちし」

振り返ってドヤ顔でVサインするミーアに、笑顔でサムズアップを返す。

「改めて感謝する。俺は銀虎級のゴッホだ」

「初めまして、オレは銀虎級冒険者パーティー『ペンドラゴン』のサトゥーです」

ゴリラ人と挨拶《あいさつ》と握手を交わす。

「それで救援と治療の対価なんだが……できれば一五本くらいで納得してくれると嬉《うれ》しいんだが……」

ゴリラ人が礼を言った後、困り顔で切り出した。

「一五本？」

「少ないのは承知しているが、うちは餓狼《がろう》級が主体で、野鼠《のねずみ》級のポーターも多いんだ。それ以上となると、一ヶ月くらい時間を貰わないと――」

どうやら、彼は救援の礼金を交渉しているらしい。

ロロに教えてもらったけど、要塞都市アーカティア内の買い物では銅貨しか使われておらず、高額決済には宝石や穴あき銅貨の中央に紐《ひも》を通した一貫銭で取引されているそうだ。

彼の言う「一五本」とは、「銅貨の一貫銭を一五本」という事だろう。

「いいえ、金額に不服があった訳じゃありません。対価を求めるつもりはなかったので、何を言われているのか分からなかっただけですよ」

「しかし、何も謝礼を払わないのは――」

「なら、アーカティアで会った時にでも、何かご馳走《ちそう》してください」

「分かった。樹海猪の丸焼きでも、七面蛇の輪切りでも、なんでも奢《おご》ってやる」

ゴリラ人がそう請け合うと、タマとポチが「肉！」と言って小躍りした。

「ゴッホ！　ミーア様の魔法は凄いぞ！」

水魔法使いがゴリラ人の腕を引っ張ってミーアがいかに凄いかまくし立て始めた。

ミーアは重傷者を治療した後に、範囲回復魔法で負傷者達をまとめて癒《い》やしたようだ。

「さすがはエルフ様だよ。故郷にいた妖精《ようせい》族の魔法使い達が、こぞって信奉していたのも分かるってもんさ」

「エルフ？」

「様を付けろ！　様を！　うちの故郷じゃ、いつも威張ってる領主様や司祭様だって頭《こうべ》を垂れるほどだぞ！」

「分かった、分かった」

水魔法使いの剣幕に、ゴリラ人がたじたじになる。

そういえば巨人の里でも、エルフは特別扱いされていたっけ。

「それにしても、ブライナンの森のエルフ様がアーカティアに来るなんて初めてじゃないか？」

「違う」

「そうなのか？　俺が会った事がないだけ――」

「違う。ボルエナン」

よく分からなそうな顔をするゴリラ人に、「ミーアはブライナン氏族ではなく、ボルエナン氏族のエルフなんですよ」とミーアの言いたい事を解説してやる。

「ゴッホ！　まずいぞ。荷物が踏み潰《つぶ》されて、『迷わずの蝋燭《ろうそく》』の予備が粉々だ。手持ちのを探させたが、たった二本しかない」

狸人《たぬき》の青年が焦った顔でゴリラ人に報告した。

「二本か……この大所帯じゃ、アーカティアまで戻るにもギリギリだな……」

そういえば勇者屋で納品した余りがストレージに十何本もあったっけ。

ロロの話だと、樹海迷宮で迷わない為《ため》の冒険者必須《ひっす》アイテムって事だったけど、オレの場合はマップやレーダーで現在位置や歪曲《わいきょく》空間による経路が分かるので、特に使っていなかった。

「良かったら、どうぞ」

「いいのか？　俺達は助かるが、あんたらはこれから迷宮の奥へ行くんじゃないのか？」

「大丈夫です。数本譲ったくらいで問題は起きませんよ」

感謝するゴリラ人に「迷わずの蝋燭」を五本ほど譲り、冒険者達と別れた。

「ここの獣人皆が人族を嫌っている訳じゃないのね」

「イエス・アリサ。協調こそが最適の生存戦略だと主張します」

「ん、同意」

どちらかというと、オレ達の強さに敬意を抱いた感じだったけど、それは口にしない方がいいだろう。どんな理由だろうと、好意を持ってくれる人や中立な人を増やすのは良い事だしね。

「ご主人様、さっきの人達が言っていた『迷わずの蝋燭』って、ロロさんの店で作っていた蝋燭ですよね？」

「そうだよ。興味があるなら、一度使ってみようか？」

勇者屋で使った時は、緑色の炎が出る以外は単なる蝋燭と変わらなかった。

「興味～」

「ポチも興味があるのです！　好奇心は犬を殺さないから大丈夫なのですよ！」

「猫は殺されちゃうの～？」

「ち、違うのです！　猫も殺されないのですよ！　殺されちゃうのは雉《きじ》と狐《きつね》さんなのです！　お鍋《なべ》の具になっちゃうのですよ」

色々な物語やことわざが交ざったポチの発言に笑みを向けつつ、燭台《しょくだい》にセットした「迷わずの蝋燭」に火を付けた。

「あんまり変わらないのです？」

「そんな事ない～？　魔力の波みたいなの感じる～」

「ん、さわさわ」

言われて見れば確かに感じる。

「ちょっと貸して」

手を差し出すアリサに燭台を渡すと、彼女は蝋燭を歪曲空間の境目の方へと運んでいった。

「見て見て」

——おおっ。

緑色の火に照らされた歪曲空間の境目がくっきりと見える。

しかも火を近付けると、歪曲空間の向こう側がぼんやりとだが見通せた。

「すごく凄いのです！」

「わんだほ～」

「なるほど、冒険者の必須装備と言われるだけはありますね」

獣娘達がうんうんと頷《うなず》く。

「斥候のタマには持たせた方がいいかもね」

「だいじょび～。無くても気配で分かる～」

アリサの言葉にタマが首を横に振る。さすがは忍者タマ。

「いけません、油断大敵です。あなたに見破れないほどの隠密性《おんみつ》に優れた魔物がいたらどうしますか」

「にゅ～」

リザに叱《しか》られたタマが耳をぺたんと伏せた。

「後で携帯用の燭台を作ってあげるから、使うようにしなさい」

「あい」

なお、タマとポチの像が左右からガラス筒を支える燭台は、タマの新たなる宝物となり、それをうらやましがったポチや他《ほか》の子達の為に、色々なバージョンを作る事になってしまった。

◆

「肉～？」

「牛さんなのです」

「斧《おの》を持っていますし、普通の牛ではありませんね」

獣娘達が見つめる先では、足下に血まみれの冒険者三人を転がした牛系の魔物が、両手斧を掲げて咆哮《ほうこう》を上げていた。

「あの冒険者はダメみたい」

「死亡、確認」

最初の救援活動から何度か同じような冒険者パーティーを助けたのだが、今度は間に合わなかったようだ。

「マスター、戦闘を開始しますかと問います」

「そうだね。弔い合戦をしよう」

「相手はタウロス、レベル二五！　斧術《ふじゅつ》の他に瞬間的に筋力を強化するスキルを持っているみたいだから注意して」

オレが戦闘開始を承諾すると、アリサが「能力鑑定《ステータス・チェック》」スキルで得た情報を仲間達に伝える。

タウロスはリザより少し高いくらいの上背に見えるが、前傾姿勢なので実際の背丈は二メートル半くらいはありそうだ。体重も相応にあるだろう。

「初めての相手です。すぐに倒さず、相手の戦闘パターンを確認します」

「あいあいさ～」

「らじゃなのです！　ポチは手加減のプロなのですよ！」

前衛陣が戦闘を開始する。

オレと後衛陣は突発事態に備えて待機だ。

「あれってミノタウロスなのかしら？」

「四足歩行じゃないみたいだけど手が地面に着きそうなほど前傾しているし、上半身が人間じゃないから違うんじゃないか？」

「逆三角形？」

「確かにちょっと上半身が大きいですよね」

そんな風に観戦している間に、前衛陣がタウロスの行動パターンを覚え終えたのか、リザがタウロスの持つ斧を弾《はじ》き飛ばして別の行動を誘った。

「体当たり」

「武器が無い時は四足歩行で角を使うんですね」

「こっちの方が強くない？」

突進攻撃や角を使った撥《は》ね上げ攻撃など、動きに隙《すき》が大きいものの威力はありそうだ。

「――あっ、倒しちゃいました」

「ポチのうっかりね」

居合いで首を刎《は》ねられたタウロスがズドンと倒れた。

「レベル二五にしては強い魔物でしたね」

「美味《おい》しそう～？」

「牛さんだから絶対の絶対に美味しいに違いないのです！　ポチは知っているのですよ！」

「毒は無いみたいだし、お昼にでも試食してみよう」

牛系だし、薄く切って焼き肉にするのがいいかな？

軽く解体して幾つかの部位を切り分けておく。

内臓は毒があったけど、勇者屋にあった錬金メモにタウロスの内臓がどうとかって記述があったので廃棄はしない。

「マスター、冒険者の遺体はどうしますかと問います」

遺体を整えてくれていたナナが問いかけてきた。

「冒険者証は外して持って行こう」

「イエス・マスター。形見になりそうな品も回収すると告げます」

「遺体は埋めていく？」

「そうだね。墓穴はオレが用意するよ」

土魔法の「落とし穴《ピット》」で作った深めの穴に遺体を並べ、最後に土を被《かぶ》せて墓石を建てた。

墓石には冒険者証に書かれてあった名前を彫ってある。

「にゅ！」

タマが耳をピンとした途端、小柄な六人組の冒険者パーティーが姿を現した。

「『毛なし』か？　見ない顔だな」

リーダーらしき鼠人がそう言ってオレ達を見回した。

「このへんは『城』から離れているが、最近はなぜかタウロスが迷い出てくる。慣れない内はもっとアーカティアに近い場所で戦え。間違っても三匹以上で行動するタウロスに喧嘩《けんか》を売るなよ。死ぬぞ」

絡んでくるのかと思ったが、彼はアドバイスだけして去っていく。

礼の言葉を言ったが、彼らから特にリアクションは返ってこなかった。

「『城』って何かしら？」

「オレ達が行こうとしている、この先にある強めの魔物が徘徊《はいかい》しているエリアじゃないか？」

他にそれらしき場所はないし。

オレ達が行こうとしているのは、別マップになっている空白地帯の周辺の、レベル二〇台後半からレベル四〇台の魔物が豊富にいる場所だ。仲間達のレベル上げに最適と判断したんだけど、地元の冒険者にも有名な場所だったらしい。

ジャングルを掻《か》き分け、茂みの中から飛び出してくる魔物を退治しつつ進む。

魔物よりも、害虫に辟易《へきえき》してしまう。生活魔法の「害虫避け《バグ・ワイパー》」がなかったら、早々に引き上げていたかもしれない。

「くんくん、良い匂《にお》いなのです」

「食べられる〜？」

ポチが見つけた木の実を持ってきた。

「麺麹椰子《パンやし》って言うみたいだね」

「焼く、美味」

ミーアが食べ方を教えてくれた。

きっとボルエナンの森にも同じような木の実があるのだろう。

「どんな味なのです？」

「パン」

「パンが木になっているのです？」

「あんびりばぼ～？」

オレが知っている「パンの実」とはずいぶん違う形だけど、きっと似たようなモノだろう。

「ミーア、エルフの里にもあるのですかと問います」

「ん、ある」

広大なボルエナンの森にならありそうだね。

そんな珍しい発見をしつつ、奇襲多めの魔物達を退治しながらジャングルらしい悪路を進むと開けた場所に出た。

湖岸らしき場所で、幾つかのパーティーが魔物と戦っている。

「海～？」

「海じゃないのです。シオの臭《にお》いがしないのですよ！」

「あれは湖だね」

マップを見る限り、琵琶湖《びわこ》並みに広いんじゃないだろうか？

「おいそこの！　良かったら何匹か引き受けてくれ！　野鼠《のねずみ》の新米が群れを引っ張って来やがったんだ！」

サイというよりはトリケラトプスみたいな古陸獣タイプの魔物が多い。

他にいる巨大なトンボの魔物や、湖から上がってくる鰓人《えらびと》族——半魚人を醜悪にしたようなデミサハギンは、古陸獣との戦闘に惹《ひ》かれて集まったようだ。

「ミーアは小シルフ達にトンボを牽制《けんせい》させて空に引っ張って、ルルとアリサはトンボが空に舞い上がった時に狙撃《そげき》してくれ。リザ達は古陸獣を一匹ずつ釣り出して始末だ」

「ん、行って」

——フォン。

ミーアの小シルフ達がフォンフォンと風の音を鳴らしてトンボに殺到する。

「ご主人様、肉——古陸獣は何匹まで倒しても良いでしょうか？」

「人も多いし、とりあえず五匹ほど間引いてやってくれ」

「承知」

リザ達が古陸獣に向けて元気に駆けていく。

なんだか、楽しそうだ。肉って言いかけていたし、お昼も近いから、冒険者達のサポートは仲間達に任せてオレはお昼の準備でも始めよう。

「おいっ！　逃げろ！　金甲鰐《ゴールド・アリゲーター》は剣や槍《やり》が効かない化け物——」

デイノスクス似の大きなワニが湖から襲ってきたので、腰の妖精《ようせい》剣を抜いてサクサク始末する。

「――のはずなんだが……」

警告してくれた冒険者に礼を言い、巨大な金甲鰐の死骸《しがい》を「魔法の鞄」に収納しておく。服が汚れそうだったので、魔術的な念動力《サイコキネシス》である「理力の手《マジック・ハンド》」を使って収納を補助した。

「お昼はシチューとタウロスの焼き肉かな？」

仲間達の楽しげな歓声をBGMに調理を進める。冒険者の怒声や悲鳴はスルーだ。

大きな鍋《なべ》に湖の水を流し込み、生活魔法の「浄水《ピュア・ウオーター》」で飲料に適切な状態にしてから、巨大な魔導コンロを使う。屋外だし、熱源は焚き火《たび》を使いたいところだが、この辺りは草が生い茂っているので引火しないように大型の魔導コンロを使う。

その間にシチューの具になりそうな野菜を別の鍋で茹《ゆ》で、ストックしてあったタマネギやニンジンやマッシュルーム似の茸《きのこ》といった具材をカットする。肉はベーコンでいいかな？

大きな中華鍋に油を回し入れて野菜がしんなりするまで炒《いた》め、ベーコンも余分な油を落とす。

茹で終わったブロッコリーをザルに上げて、「空調《エアコン》」の魔法が作る涼しい風で冷ます。

空いた大鍋に炒めた材料と浄水を入れて火に掛け、その間に小さな鍋でホワイトソースを手早く作っておこう。

たまにオレの方に向かってくる魔物がいたが、戦うのも面倒なので軽く威圧を当てて追い返した。

「ごしゅ～」

混戦場所から的確に魔物をピックアップしたタマが、オレに手を振りながら仲間達の所へ戻っていく。仲間達が間引いているお陰で、戦場の混乱も急速に収まりつつあるようだ。

ホワイトソースを大鍋に投入してしばらく煮込んだら、魔導コンロから降ろしておく。ここは気温が高いから、あまり熱々じゃない方がいいだろう。

ブロッコリーといえばホワイトシチューという思い込みがあったけど、冷製スープや温野菜サラダの方が良かったかもしれない。まあ、いいか。付け合わせも、焼いたパンの実――麺麭椰子と焼き肉の予定だし。

タウロスの肉を部位ごとに、調理スキルが教えてくれる最適な厚さにスライスして、一口サイズにカットしていく。軽く焼いて味見をし、半分ほどをタレに漬け込んだ。

せっかくなのでたくさん仕込んでおこう。

ストレージに入れておけば劣化しないし、他《ほか》の冒険者達に振る舞う事もあるかもしれないからね。

「にゅ～」

足下の影から顔を出したタマの口に、「皆《みんな》には内緒だよ」と釘《くぎ》をさしてから味見用の肉を一切れ入れてやる。

「美味～？」

笑顔のタマが影の中に消え、戦場で魔物の影から再出現していた。

賢者との戦いで使った時はまぐれっぽかったけど、いつの間にかすっかり影移動を使いこなしている。魔力《MP》をそれなりに消費するみたいだし、あまり多用はできないはずだ。

麺麭椰子は何個か破裂させせたり焦がしたりしたけど、調理スキルのお陰ですぐに最適解を見つける事ができた。パンの香りと味だけど、どちらかというと焼き芋に近いモチモチした食感だ。

まだ戦闘は続いていたので、網焼きに向いていそうな海老《えび》や茸や野菜も下ごしらえして串《くし》に刺していく。焼き肉と言うよりはバーベキューっぽくなったけど、美味しそうだから構わないだろう。

テーブルやカトラリーの準備を終える頃《ころ》、湖岸での戦闘が終わった。

「ご主人様！　ポチは知っているのです！　タマは一人だけ味見していたのですよ！　真実はいつも一つで残酷なのです！」

どうやら、忍者タマでもポチの鼻は誤魔化《ごまか》せなかったようだ。

涙を溜《た》めた目で訴えるポチの口に、タマに試食させたのと同じ焼き肉を一欠片放《かけらほう》り込んでやる。

「ごめんごめん——はい、ポチ」

「むぐっ、ポチは騙《だま》され——」

焼き肉が口に合ったのか、ポチの顔がぱあっと明るくなった。

「むぐむぐ。美味しいお肉に罪はないのです。ポチは罪を憎んで肉を憎まずなのですよ」

ポチは必死に難しい顔を作ろうとするが、顔がゆるゆるに緩んでいく。

「手を洗ったらご飯にしよう」

オレの提案に、皆が元気良く答え、手洗い用の桶《おけ》へ向かった。

「やっぱり、焼き肉さんが一番美味しいと思うのです」

「海老もうみゃ〜」

「このタンという部位はほどよい噛《か》み応《ごた》えが素晴らしいですね。実に美味です」

「シチューも美味《おい》しいと告げます」

「ぶろっこりー、美味」

「そうね。ここのブロッコリーはんまいわ。こっちのパンの実たんも美味《うま》し！」

「軽めのお芋っぽい食感だから、色々な料理と合わせてみたいかも」

今日の昼食も仲間達に好評だ。

「ルルの料理も美味しいけど、やっぱご主人様の料理は別格ね～」

「そんな事ないよ。ルルの料理とほとんど一緒じゃないか？」

むしろ、最近は研究心旺盛《おうせい》な分、ルルの方が上手に料理を作ってくれる気がする。

「いいえ！　アリサの言う通りです！」

意外な事にそう断言したのはルル本人だった。

「料理が上手《うま》くなればなるほど、ご主人様の料理がどれほど繊細でどれほど奇跡に近いものかが分かってくるんです！」

「分かります、ルル」

リザがしみじみとした顔でルルの言葉に同意した。

「リザさん！」

ルルとリザが意気投合して固い握手をする。

「ど、どういう事？」

「むう？」

アリサやミーアが二人の反応が分からずに首を傾《かし》げている。

「マスター」

黙々と食事を続けていたナナがオレに警告した。

「――後ろ」

言われて振り返ると、冒険者達が涎《よだれ》を垂らさんばかりの顔でこちらを見ている。

「良かったら、一緒に食べませんか？」

なんとなくポチに重なるものがあったので、思わず誘ってしまった。

焼き肉やバーベキューはたっぷりと分量があるから大丈夫だ。シチューも足りるだろう。さすがにパンの実は足りないけど、それは彼らの方で用意してもらえばいいだろう。

「い、いいのか？　――っと違う。俺達は飯を集《たか》ろうと思ってたんじゃなくて、救援の礼を言おうと思って、だな」

「いいじゃねぇか。ご相伴に与《あずか》ろうぜ」

「そうそう。こんな迷宮の奥で、まともな飯が食えるとは思わなかったぞ」

「お、おい！」

代表らしき犬人冒険者は固辞しようとしたが、狐《きつね》人や狸《たぬき》人の冒険者がいそいそとバーベキュー用の網に近寄る。

「ポチが取り分けてあげるのです！　ポチは配膳《はいぜん》のプロなのですよ！」

「タマもやる～？」

ポチとタマがトングをカチカチ言わせながらやってきた。

木皿に料理をこんもりと盛り付けて配る。他の子達も配膳を手伝ってくれたので、冒険者達の列はすぐにはけていく。むしろ、焼き肉やバーベキューが間に合わないくらいだ。

「手伝います」

「おいらも手伝うだす」

「助かるよ。こっちを手伝って」

ポーターらしき鼠人達が手伝いを申し出てくれたので、肉や野菜を焼くのを手伝ってもらう。

彼らの助力のお陰で、腹ぺこ冒険者達を待たせずに済んだ。

一通り配り終えたので、手伝ってくれた鼠人達にもたっぷり山盛りのお昼を提供する。

「君達も食べて」

「はいだす。おいら達もタウロスの肉を食べていいだすか？」

「いえすぅ～」

「美味そう。タウロスの肉なんて初めて！」

「とってもとっても美味しいのですよ！」

鼠人達がポチやタマのように目をキラキラさせて食べ始める。

なかなか好評なようだ。

「オレ達も食べよう。少し冷めちゃったから、温め直そうか」

「気温も暑いくらいだし、このままでいいわよ」

「ん、同意」

焼き肉だけは焼きたての方が美味しい——と思って見回すと、それぞれの皿に焼き肉は残されていなかった。手伝いを申し出た時には、既に完食済みだったらしい。

お代わりの肉を焼きつつ、希望者に配る。

「迷宮のただ中で、こんなに美味い料理が食えるとは思わなかったぜ」

「冒険者らしくないけど、こういうのもいいもんだ」

「ああ、嬢ちゃん達は恵まれているな」

冒険者達が料理を褒め、笑顔で仲間達に声を掛ける。

——おや？

リザが何か黙り込んでいる。

「どうした？　食べすぎたのか？」

「——ご主人様。いいえ、そういう訳ではありません」

なんだか歯切れが悪い。

真面目《まじめ》なリザの事だし、何か悩み事かな？

「何かしてほしい事があったら気軽に言うんだよ」

「いえ、十分に良くしていただいています。ただ……このままでいいのか、ご主人様に甘えすぎていないか、少し自問していました」

「——甘え？」

リザはそんな風に考えていたのか。

「あー、ちょっと分かるかも」

アリサがリザに同意した。

「ご主人様のフルサポート下だと、ついつい便利さに甘えちゃうもんね」

「フルサポート？　効率的な狩りができるように環境を整えたくらいじゃないか？」

「うーん、なんて言ったらいいのかしら？　常に快適な環境？　——じゃなくて」

「戦いだけに集中できる環境、ですか？」

悩むアリサにリザが助言した。

「そうそれ！　本来なら、どこで休憩するか、とか、その戦場にはどんな敵がいるのか、とか、効率的な狩り以外の事も色々と考えないといけないじゃない？　そういった事を全部、ご主人様に丸投げしている状況で修行するのが、『甘え』だと思っちゃうのよ。でしょ？　リザさん」

「……はい」

リザが申し訳なさそうに首肯した。

なるほど、アリサやリザが言う事も分かる。

無駄に苦労する必要はないと思っていたけど、そういった苦労——経験を積む事が彼女達の成長に繋《つな》がるのかもしれない。

「分かった。今度の拠点作りは見守るだけで手出ししないようにするよ」

「ごめんね、ご主人様」

「申し訳ございません、ご主人様」

「気にしなくていいよ。でも、自分達で無理そうな時は意地を張らないでちゃんと言うんだよ？」

「うん、分かった」

「必ずご期待に添えるよう頑張ります」

気合いが入りすぎているリザに「ほどほどにね」と告げる。

ちょっと寂しいけど、皆が自立できるようにサポートするのも保護者の務めだからね。


「肉～？」

「えっほ、えっほ、なのです！」

タマとポチが一トンくらいある巨大な肉塊を運んでくる。

「ご主人様、あちらの冒険者から解体済みの枝肉を分けていただきました」

リザが示す方には、魔物の解体をする冒険者一行がいる。

昼食を終えた後、湖岸では魔物の解体タイムが始まっているのだ。

「さっきの礼だ！」

「タウロスの肉には負けるが、そいつも良い値段で売れるぞ！」

冒険者達が大きく手を振った。

昼食を共にしたせいか、もうすっかり打ち解けている。

「にゅ！　にゅにゅにゅにゅにゅ！」

「どうしたのです？」

タマが全身の毛を逆立たせ、落ち着かない様子で周囲を見回す。

オレはノータイムでマップを開き、タマが警戒する相手を絞り込んだ。

「山の向こうだ！」

栗鼠《りす》人のポーターが警告する。

ジャングルの向こうにいつの間にか濃い霧がでており、その霧の中にジャングルの木々より背が高い何者かのシルエットが浮かび上がった。ジャングルの中にある低い山と同じくらいの背丈だ。

「――狼《おおかみ》？」

ルルが呟《つぶや》いた。

霧の中に、真っ白い毛の狼が見えた。

「なんて大きいの」

アリサが驚愕《きょうがく》の声を漏らす。

ポチは白竜の卵を背に隠し、尻尾《しっぽ》を股《また》の間に挟んでいる。

タマとミーアはオレの背後に身を隠して、足にしがみついてきた。

リザとナナはオレ達を守るように一歩前に踏み出したが、その手や足は隔絶した存在への畏怖《いふ》で小刻みに震えていた。

「し、神獣様だ！」

「お、俺、初めて見た」

冒険者達は腰を抜かし、震える声でそう言う。

そう、あの狼はファンタジー作品でも竜に匹敵する存在として描かれる事が多い種族――。


――神獣フェンリル。


「あ、あ、あれが本性か。凄《すご》いな」

思わず呟きが漏れる。

意外な事にレベルはそんなに高くない。成竜達と同じくらいだ。

――いや、二重表記になっている。

レベル六二と書かれている横に、括弧付きでレベル九一とあった。隠蔽《いんぺい》しているのかと思ったけど、どちらかというと本来の力を制限されている状態な気がする。

考察している内に、フェンリルが山々の向こうに悠然と姿を消した。


「――急げ！　お零《こぼ》れを狙《ねら》うぞ！」

「氷が溶ける前に狩れるだけ狩るぞ！」

半分ほどの冒険者達がハッとした顔になってフェンリルが現れた方へ駆け出す。

「あいつらはフェンリルが凍り付かせた魔物を漁《あさ》るみたいだ。一定時間で溶けて動き出すから、マネするなら欲を掻《か》かないように注意しろよ」

肉をお裾分《すそわ》けしてくれた冒険者がそう教えてくれた。

「俺達は狩り場を移動する。神獣様が出た後は、怯《おび》えた魔物が逃げちまうからな」

まあ、あれだけ存在感があったら魔物も怯えるよね。

「あんたらはどうする？　一緒に来るか？」

「いえ、私達は『城』に行く予定です」

「そうか、さすがだな。『城』に行くなら腕に自信はあるんだろうが、間違っても神獣様に喧嘩《けんか》を売るなよ？」

「はいなのです。ポチはバンユーしないのですよ」

「やはり、神獣様はかなり強いのですか？」

「強いなんてもんじゃないよ。俺が若い頃《ころ》に、山より大きな樹海の化身みたいな樹木の化け物と戦っているのを見たけど、あれに人間が割り込む余地はないな。山が幾つも抉《えぐ》られるんだぜ？」

その戦いはちょっと見たかった。

彼が若い頃という一〇年ほど前くらい？　いや、もう少し短いかな？

「その樹木の化け物もよく現れるのですか？」

「いや、あの時の一回こっきりだから神獣様が倒したんじゃないか？　そういえば神獣様もあの後、何年も見なかったから、ギリギリの戦いだったのかもな」

もしかしたら、要塞《ようさい》都市を守る為《ため》に迷宮主《ダンジョン・マスター》とかと戦っていたのかもしれない。

「神獣様は森の守護者みたいな感じなの？」

「そうだな、そんな感じだ。神獣様はこっちから手を出さなきゃ何もしてこないけど、進行方向でぼさっとしてたら気付かずに踏み潰《つぶ》されちまうから注意しろ」

色々と話してくれた冒険者は、仲間にせかされて去っていった。

◆

「見えてきたわ！　あれじゃない？」

ジャングルの中にある高台から、遥《はる》か彼方《かなた》に尖塔《せんとう》のようなモノが見えた。

「牛いっぱい〜？」

斥候に行っていたタマが戻ってきた。

「いっぱい？　報告は正確になさい」

「牛六匹〜。盾二、斧《おの》三、杖《つえ》一。斧の一匹は重装備で強そう〜？」

マップ情報によるとタマが見つけたのは、重装備のタウロス・リーダーが率いる小集団だ。タウロス・シールダーやタウロス・ファイター、タウロス・シャーマンなどの上位種で構成されている。

「冒険者が警告してくれた集団ですね。アリサ、意見はありますか？」

「いつも通りでいいんじゃない？　ナナが相手の突撃を抑えて、タマとポチが盾持ちを攪乱《かくらん》。リザさんが斬《き》り込んで、ルルが杖持ちを狙撃《そげき》。わたしとミーアは皆《みんな》のサポートって感じで」

リザがアリサに確認し、仲間達も異議なしと首肯する。

「――行きます」

リザが先頭を切って歪曲空間《わいきょく》に飛び込む。

オレもナナと一緒にその後に続いた。

――BZUUMZOOOO。

オレ達を見たタウロス達が雄叫《おたけ》びを上げた。

「オーレと宣言します。牛ならば牛らしく突っ込んでくるがいいと告げます」

ナナが挑発スキルを篭《こ》めて叫ぶと、タウロス達が我先にとナナに向かって突進する。

――BZUMZOOBZUMZOO！

リーダーが叫ぶと、タウロス達が突進を止《や》め、盾役を先頭に隊列を組んで突っ込んできた。

「生意気にも指揮スキルを持っているみたい。ミーアは小シルフでリーダーを牽制《けんせい》して」

「ん、分かった。行って」

――フォン。

小シルフが某ロボットアニメの無人攻撃ユニットのように空を舞う。

「――はあっ！」

裂帛《れっぱく》の気合いでリザの槍《やり》がシールダーの側面を突く。

――BZUMZOO。

予想外に機敏な動きでシールダーが側面に盾を回したが、リザの槍はそれよりも遥かに速くシールダーの首を貫いてみせた。シールダーは頑丈そうな首鎧《くびよろい》を装備していたが、竜牙《りゅうが》コーティングした魔槍《まそう》ドウマの前では薄紙に等しかったようだ。

「あきれすはんた～?」

「イアイバットーなのです!」

低い姿勢でちょろちょろとタウロスの足下を駆け、シールダーの背後に隠れるファイターの足を剣で刈っている。

タマは出血させるくらいだが、ポチの方は勢い余ってファイターの細い足首を切り落としていた。素の戦闘力はポチの方が高いらしい。侍大将に奥義伝授されたからだろうか?

「狙い、撃ちます」

射線が開けた瞬間、ルルの輝炎銃がシャーマンの頭を吹き飛ばした。

——BZUMZOO。

無事な方のシールダーがナナの大盾に向けて盾攻撃《シールド・バッシュ》を放った。

「シールド・バッシュ返しと告げます」

ナナは大盾でシールダーの盾攻撃を受け流し、そのまま大盾の上に乗せるようにして、後ろに投げ飛ばした。

「——隔絶壁《デラシネーター》!」

後衛陣の方に飛んできたシールダーを、アリサの空間魔法が受け止める。

「ルル!」

「撃ちます!」

再チャージが終わっていた輝炎銃の弾丸が無防備なシールダーの背を撃ち抜いた。

急なオーダーでも延髄の弱点を的確に撃ち抜くとは大したものだ。

「螺旋槍撃《らせんそうげき》！」

――BZUMZOOBBBBBZ。

リザの必殺技が炸裂《さくれつ》し、タウロス・リーダーが打ち倒されるのが見えた。

残りのファイターも、他《ほか》の前衛陣によって一人一匹ずつ倒されていた。

「単体よりは手強《てごわ》いですが、特に問題ありませんね」

「一匹一匹の強さも少し上～？」

「そうなのです？　ポチにはあんまり差が分からなかったのです」

「タマが正解ね。リーダーが仲間を能力アップさせる眷属《けんぞく》強化っていうスキルを持っていたわ」

アリサが能力鑑定スキルで得た情報を仲間に伝える。

「どの程度の強化か分かりませんが、狩りの対象にして問題ありませんね」

リザがそう言ってまとめた。

死骸《しがい》の回収を始めようとしたタマが耳をピンッと立てる。

「にゅ！　敵来る」

――BZUUMZOOOO。

雄叫びと共に、先ほどのタウロス達の二倍はありそうな巨漢が飛び込んできた。巨大な両手斧を持っている。魔斧《まふ》の類《たぐ》いだ。

「こいつは強敵よ！　レベル四一のタウロス・チャンピオン！　近接戦闘主体だけど、必殺技系のスキルを幾つか持っているから油断しないで！」

「『区画の主《エリア・マスター》』の眷属級ですね」

「一体なら問題ないと告げます」

アリサが警告し、仲間達が戦闘準備を進める。

「小シルフ、牽制」

——フォン。

ミーアに命じられた小シルフ達がチャンピオンの顔に纏《まと》わり付く。

——BZUUMZOOOO。

雄叫びが小シルフを吹き飛ばし、続けて放たれた旋回系の必殺技がシルフを精霊光に還元させた。

「むぅ」

ミーアが次の呪文《じゅもん》を詠唱する。

精霊魔法ではなく、行動阻害系の水魔法だ。

「お前の相手は私だと告げます！」

ナナが挑発スキルを帯びた声で叫ぶと、チャンピオンの視線がナナに固定された。

「あきれすはんた～？」

「ポチは反対側からなのです！」

——BZUUMZOOOO。

チャンピオンの尻尾《しっぽ》がポチを吹き飛ばし、チャンピオンの蹴《け》りに邪魔されてタマが攻撃を断念した。

「なかなかやりますね」

――BZUUMZOOOOO。

リザの槍とチャンピオンの斧が激突する。

赤い光を迸《ほとばし》らせ、槍と斧が一瞬だけ拮抗《きっこう》した。

――BZUMZOO。

自分の不利を悟ったチャンピオンが、すぐに斧を引き、リザとナナから距離を取る。

「狙《ねら》い、撃ちます」

――BZUMZOO。

ルルの輝炎銃による弾丸を、チャンピオンが斧で迎え撃つ。

弾丸は逸《そ》れたもののチャンピオンの右肩を抉り、隙《すき》ができた。

「足を引っかけるわ！」

アリサの隔絶壁がチャンピオンの足を引っかけ、バランスを崩させる。

「にんにん～？」

タウロスの影から伸びた漆黒の鞭《むち》がチャンピオンを地面に引き倒した。

「……■　絡水流《エンタングル・アクア》」

ミーアの阻害魔法がチャンピオンを不利な体勢で搦《から》め捕る。

「魔刃砕壁《ブラスト・アーマー》と告げます！」

ナナの一撃がチャンピオンの防御障壁を打ち破った。

「魔　刃　旋　風《ヴァンキッシュ・スライサー》なのです！」

居合いを併用したポチの一撃がチャンピオンの腰を半ばまで両断する。

「止《とど》めです。――螺旋槍撃《らせんそうげき》」

――ＢＺＵＭＺＯＯＢＢＢＢＺ。

リザの必殺技がチャンピオンの口を貫き、螺旋槍撃の余波がチャンピオンの頭を内側から爆散させた。

「少し手強かったですが、一匹だけなら問題ありませんね」

「そうね。他のタウロスとセットで出た時のフォーメーションだけ考えておきましょ」

アリサとリザが作戦を詰める間に、他の子達とチャンピオンの死骸と両手斧を回収する。

両手斧は何かの角か骨を加工したモノで、呪《のろ》われた装備のようだ。一応、魔斧のようにも使えるし、けっこうな攻撃力があるから回収しておこうと思う。他のタウロスが拾って使い回しても困るしね。

◆

その後、何度か単体のタウロスやリーダー率いる小集団と遭遇戦を繰り返しながら進むと、ようやく「城」の全貌《ぜんぼう》が見える場所まで辿《たど》り着いた。

「――なかなかでっかいわね」

「都市とは違う～？」

「タウロスの都市って事？」

「あい」

仲間達の会話を微笑《ほほえ》ましく見守っていると、マップが新しいエリアに切り替わった。

全マップ探査の魔法を使うと「城」の全貌が露《あら》わになる。

「今見えている外壁の内側は都市くらいの広さがあるみたいだよ」

外壁は所々崩れているけど、内壁にはそういった場所がない。

外壁の内側にけっこうな広さのフィールドがあり、内壁の外側に幅一〇〇メートルくらいの帯状に迷路のような居住区がある。そして内壁の内側が本来の城と呼べる構造物の集合体となっているようだ。

帯状の居住区には通常タイプのタウロスが生息し、リーダー率いる小集団が居住区を含む全体を巡回している。

居住区の外側に広がるフィールドには、チャンピオンを含む雑多なタウロスが徘徊《はいかい》しており、ラプトル型の古陸獣に乗るタウロス・ライダーというのが数騎単位で巡回しているようだ。面子豚《ビッグポグ》という魔物の集団を誘導するタウロス・ピッグハーダーといった変わり種《だね》もいる。

「冒険者はいる？」

「――いるね。砦《とりで》みたいな場所を拠点にして狩りをしているみたいだよ」

フィールド内に、大小様々な「砦」があり、冒険者が占拠している砦には一〇人から二〇人の冒険者が詰めている。近くで狩りをしている冒険者を合わせたら、一拠点あたり三〇人から五〇人ほどの冒険者がいるようだ。

どの拠点にも最上級の金獅子《きんじし》級冒険者が六人以上いる。銀虎《ぎんこ》級の冒険者は魔法使いや弓使いが多く、近接戦闘に参加する者も金獅子級冒険者のサポートが基本みたいだ。

ここはそれだけ攻略難易度が高い場所なのだろう。

「へー、それじゃ、わたし達もそういった拠点を探した方がいいのかしら？」

「それなら、丁度いいのが――」

「お待ちください、ご主人様」

わりと近くにタウロス・チャンピオン三匹が占拠している手頃《てごろ》な拠点があったから、それを教えてあげようと思ったのだが、リザから待ったが入った。

「ここは私どもにお任せください」

「ごめん、リザさん。そうだったわ。うっかり、いつもの調子でご主人様に頼っちゃうところだった」

そういえば多様な経験を積む為《ため》に、なるべく自分達でやりたいって言っていたっけ。

「分かった。拠点の選定は任せるよ」

オレがそう言うと、リザはもう一度謝った後に、アリサと方針を打ち合わせた。

大まかにまとめるとミーアの精霊で「砦」を探索し、アリサの空間魔法やタマによる斥候で制圧可能な場所を探し、そこに拠点を築こうという事らしい。

「それじゃ、行きましょう！」

アリサの号令で移動を再開する。

外壁の四方に壊れた門跡があるが、そこまでは距離があるので手近な場所にある外壁の裂け目から侵入した。

「広い～？」

「外と違って牧場っぽい雰囲気なのです」

「樹木は疎《まば》らにしか生えていませんが、腰くらいまでのシダ植物や蔓状《つるじょう》の雑草が生えていますね」

獣娘達が手近な灌木《かんぼく》に登って周囲を見渡している。

「三時の方向に構造物が見えます。おそらくあれが『砦』でしょう」

遠見筒《とおみづつ》を持ったリザが砦を発見した。

「誰《だれ》か戦っているみたいですね」

「チャンピオン～？」

「なんだかピンチなのです」

「待って、大丈夫だよ」

スチャッと戦闘準備を始めたタマとポチを止める。

ここからだと見えにくいけど、金獅子級冒険者の盾役が複数人でチャンピオンの猛攻を防いでいるようだ。

「もっと近くで観戦しましょう」

「ん、同意」

アリサとミーアに促されて戦場に近寄ると、複数の冒険者達が灌木の根元に隠れて何かを準備しているのが分かった。

「たぶん、罠《わな》～？」

「罠、なのです？」

タマとポチの視線の先で、草原に隠されていたネットが起き上がってチャンピオンを搦め捕った。

同時に、灌木の根元に隠れていた魔法使い達が、チャンピオンに行動阻害の魔法を放つ。

「むう？」

「逃走を始めたと告げます」

ナナが言うように、冒険者達は後ろも振り返らずに砦に全力疾走を始めた。

チャンピオンが網を引きちぎるのを諦《あきら》めて、そのまま網を引き摺《ず》って駆け出す。

「う～ぷす～？」

「チャンピオンの人が落とし穴に嵌《は》まったのです」

落とし穴はチャンピオンの膝丈《ひざたけ》しかなかったが、足を取られたチャンピオンが転倒する。

その間に、冒険者達は全員無事に砦へと逃げ込む事に成功し、それとほぼ同時に幾枚もの障壁が砦を覆った。

あの砦には拠点防衛用の魔力炉や障壁装置があるようだ。

――BZUUMZOOOO。

チャンピオンは雄叫《おたけ》びを上げて襲いかかるが、障壁に阻まれて砦に取り付く事ができずにいる。

それでもチャンピオンは執拗《しつよう》に斧《おの》をガンガンと叩《たた》き付けた。

「ご主人様、障壁にヒビが――」

「大丈夫だよ。内側に次の障壁が準備されているみたいだ」

この手の砦の障壁は魔力炉の魔核《コア》が尽きるか、複数枚の障壁が一度に破られるような攻撃を受けない限り、問題ないはずだ。

――BZUMZOO。

「諦めが悪いわね」

「冒険者達は反撃にでないのでしょうか？」

「あのクラスの敵に挑むのはリスクだと思っているのかもね」

ルルの質問に答える。

それを聞いたリザが槍《やり》に魔力を流し始めた。

「ご主人様、彼らが戦わないのであれば、私達が取ってしまっても問題ありませんね？」

「いいと思うよ」

空間魔法の「遠耳《クレアヒアリス》」で確認したところ、砦内の冒険者達は早くチャンピオンに立ち去ってほしい旨の発言をしているし、魔力炉の魔核が消耗する事に苛立《いらだ》っている感じだった。

「ルル、チャンピオンを狙撃《そげき》してこちらに来させてください」

「はい、分かりました！」

ルルの輝炎銃の弾丸がチャンピオンの後頭部に激突し、小さな爆発を生む。

それくらいで分厚いチャンピオンの防御障壁が抜ける訳ではなかったが、砦への敵意をこちらに振り向ける事に成功した。

「――ナナ」

「イエス・リザ。チャンピオンはチャンピオンでもすき焼きの具のチャンピオンだと告げます！」

「すき焼きは美味～？」

「ポチもすき焼きは大好きなのです！」

ナナの挑発を聞いたタマとポチが涎《よだれ》をふきふき目を輝かせる。

――BZUUMZOOOO。

勇猛な雄叫びを上げつつ襲いかかってきたチャンピオンだったが、食欲でブーストされた仲間達の怒濤《どとう》の勢いに勝てるはずもなく、前回よりも時間を掛けずに討ち取られてしまった。

今回のチャンピオンが持っていた両手斧は、前と違って魔斧《まふ》タイプじゃなかったのもあるかもね。


「誰か来る～？」

「砦の冒険者の代表みたいだね」

彼らは仲間達が戦闘しているのを砦の楼閣に鈴なりになって観戦していた。

「金獅子級冒険者のティガーだ。『神獣喰《く》らい』の頭をやらせてもらっている」

凄《すご》くマッチョな獅子人の冒険者がそう言って握手を求めてきた。

アリサが後ろで「獅子なのにタイガー？」と呟《つぶや》いて首を傾《かし》げているけど、単に発音がドイツ語に似ているだけだと思う。

「初めまして、銀虎級『ペンドラゴン』のサトゥーです」

「――銀虎級？」

「ええ、登録したばかりなんですよ。最近まではシガ王国にあるセリビーラの迷宮に潜っていました」

「世界最古の大迷宮出身か。それなら、あのチャンピオンを手玉に取れる実力者なのも分かるぜ」

獅子人が感心したように言った。

「なら『城』に来るのは初めてか？」

「はい、ここが『城』と呼ばれているのも知らなかったくらいです」

「――そうか。なら、忠告してやる。城の内壁には近付くな。迷路街のタウロスを狩る時も、決して内壁に近寄るなよ。めったにないが、トサカ持ちが巡回している時がある。あいつらは鎧野郎《よろい》より危険だからな」

獅子人の言う略称はよく分からなかったが話の流れから、鎧野郎がタウロス・リーダー、トサカ持ちが内壁の内側にいるタウロス・キャプテンだと推測できた。

「鎧野郎が配下のタウロスを強化するだろ？　トサカ持ちも同じようなスキルを持ってるんだが、

鎧野郎のスキルと効果が重複するんだ。もし、外で奴《やつ》らと出会ったら、可能な限り早く指揮個体を潰《つぶ》せ」

集団で強くなるタイプの魔物か。

「ここ最近は内壁の外で見かけないから大丈夫だと思うが、気をつけるにこした事はない」

マップ情報によると、城の最深部にはタウロス・ジェネラルやタウロス・ロードといった上位種が存在しており、リーダーやキャプテンとは違う種類の配下強化スキルを持っている。

こいつらのスキルがさらに重複するとなると、ちょっと油断ならない集団に発展しそうだ。

「言うまでもないが、内壁の門には近寄るな。見える場所もダメだ。弓持ちや狙撃手に頭を撃ち抜かれるぞ」

狙撃手と聞いてルルの瞳《ひとみ》がキラリと光った。

もしかしたら、ちょっとライバル心を刺激されたのだろうか？

「弓矢が問題なら盾をかざしてたらいいんじゃないの？」

「本当に危ないのはそいつらじゃねぇ。門番に気付かれたらすぐに、トサカ持ちの精鋭集団がやってくる。そいつに手間取っている内に、奥からタウロスの将軍が率いる本隊が出てきて数の暴力に押し潰される」

「なかなか歯ごたえがありそうですね」

「おい！　鱗《うろこ》の姐《ねえ》ちゃん、腕に自信があっても絶対に挑むな。将軍が出張ると、その大集団がそのまま城の外に出て周辺の砦を攻め落として回るんだ。だから、無謀な奴が相手でも『勝手に挑んで死ね』とはいかねぇんだよ」

なるほど、大集団が相手なら、チャンピオンの時と違って砦に立て篭《こ》もって持久戦なんてジリ貧もいいところだ。

他《ほか》にも油断ならない敵の話や、面子豚は生きたまま捕まえた方が高く売れるという儲《もう》け話なんかも聞かせてくれた。

「今度、酒でも飲みながらセリビーラの話を聞かせてくれ」

「喜んで。その時は樹海迷宮の話も聞かせてください」

「それじゃ、またな！　大魔女様のご加護がありますように！」

最後に獅子人と社交辞令を交わし、オレ達は拠点探しに戻った。

◆

「タマが旗を振ってるのです！　アチャーは全滅なのですよ！」

タウロスが占拠する砦の天辺《てっぺん》に忍び込んだタマが合図を出す。

砦にいた弓持ちはルルによって次々に狙撃され、遮蔽《しゃへい》物に隠れていた最後の一匹はタマが今さっき始末していた。

「アリサちゃん、ゲートマジックぅ～」

アリサが空間魔法の「空間連結扉《ポータル・ドア》」で、上部構造物の屋根に空間を繋《つな》げる。

「行きますよ」

「イエス・リザ」

「らじゃなのです！」

前衛陣がアリサの繋いだ空間を抜けて砦《とりで》に乱入した。

「門」

砦の門を開けて、タウロスの小集団が飛び出してきた。

「狙《ねら》い、撃ちます！」

「……■　絡水流《エンタングル・アクア》」

ルルの輝炎銃が次々とタウロスの足を狙撃して転ばせ、ミーアの水魔法がタウロスを地面に縛り付ける。

「たりほ～？」

「らりほーなのです！」

砦の制圧を終えたタマとポチが飛び出してきて、地面でジタバタするタウロス達に止《とど》めを刺していく。

二人に続いてリザとナナの二人も正門から戻ってきた。

「お疲れ様、建物の中だと勝手が違った？」

「そうでもありません。狭い空間だとチャンピオンもただの大きな的でした」

「中にいたのは一匹だけかい？」

「はい、タマの調査ではもう二匹いるはずなので、砦の外に出かけているのではないでしょうか？」

――正解。

オレは内心で拍手をする。

「なら、早いとこ中に入りましょ。ミーア、土系の精霊って呼べる？」

「ん、ゲノーモス」

「中に入ってからでいいから、砦の外に壕《ごう》を巡らせてくれる？」

「任せて」

ミーアがポンと薄い胸を叩き、長い詠唱を始める。

アリサは無詠唱で探知系の空間魔法を使った後、タマを見る。

「接近感知用の忍術とかってある？」

「鳴子～？」

「ああ、そっか。鳴子があるわね。仕掛けられる？」

「お任せあれ～？」

「ポチも一緒に手伝うのです！」

「ひあういご～」

タマとポチが砦を飛び出して行く。

「大雑把でいいからね！　外に出ているタウロスが帰ってくる前に戻るのよ！」

「あいあいさ～？」

「ラジャなのです！」

アリサは注意を終えると、他の面々に指示出しをする。

「ルルは水回りを確認して、魔物がいないのは確認してあるけど虫や小動物は残ってるから注意してね」

「うん、分かった」

「リザさんとナナはタウロスの死骸《しがい》を片付けてくれる？」

「それなら既に回収を終えています」

「おおっ、さすが！」

「……■地精霊創造《クリエート・ゲノーモス》」

ミーアが岩石でできた精霊を作り出した。

いや、違う。あれは岩石のドレスを着た乙女だ。

「アリサ」

「へー、初めて見る子ね。それじゃ、壕をお願い」

「ん、やって」

ゲノーモスがゴゴと地鳴りで答え、地面の上を波打たせて砦の外に出て行った。

ちょっと、興味があったので、ミーアと一緒に砦の外壁に登ってゲノーモスの活躍を見物する。

「土魔法のプロフェッショナルなんだね」

「そう」

草が根を張る固い地面を粘土細工のように掘り抜いて、余った土で外側に低い塀を作っている。

「あれもミーアが指示したのかい？」

「ん、以心伝心」

ミーアがドヤ顔でサムズアップした。ちょっと可愛《かわい》い。

鳴子を張り終えたタマとポチが戻ってきたのに合わせてオレも下に降りる。

「たらま～」

「ただいまなさいなのです」

「ご苦労様。リザさん、門を降ろして」

巻上機を操作したリザが正門の木製の扉と金属製の格子戸を降ろす。

「内部のホコリは空間魔法で吹き飛ばしたから、砦内の家具やモノを全部外に出しちゃって。二階とか奥の部屋とかは窓から投げ落としちゃっていいわ。下に誰《だれ》かいないかだけ注意して」

アリサがワイルドな事を言い出した。

なんでも動画サイトで見た古民家のリフォーム術で学んだらしい。

「燃やせるモノは火魔法で焼却しちゃうわ。燃えかすや燃えない物はゲノーモスたんに掘ってもらった穴に埋めちゃいましょ」

いつもならオレがストレージに収納する流れだが、ここもちゃんと自分達で処理するようだ。

「やっぱ、高レベルだと作業が早いわね。動画だと一年がかりでやるのも少なくないのに」

ゲノーモスが外堀を作り終える頃《ころ》には、砦内のガラクタは一通り中庭に積み上がっていた。

その間に外に出かけていたチャンピオンが戻ってきたが、鳴子で早期発見されてルルの狙撃《そげき》とアリサの上級火魔法の連打で近付く事もできずに倒されていた。

消し炭になったチャンピオンを前に、獣娘達が「肉ぅ～」と呟いて悲しそうにしていたのが印象に残っている。残り一匹のチャンピオンが戻ってきた時はきっと、火魔法が禁じ手になるに違いない。

「ベッドや風呂桶《ふろおけ》はいらないのか？」

「そっちは次にアーカティアに戻った時に運ぶわ。今回は妖精鞄《ようせいかばん》に入っている寝具で十分よ。シャワーはないけど、ミーアの水魔法があるしね」

「ん、泡洗浄《バブル・ウォッシュ》」

ミーアが最近出番のなかった魔法を挙げる。

「食糧や調味料は――」

「大丈夫だってば。そのへんはルルの妖精鞄にたっぷり入っているし、肉は自給自足できるしね。これなら一週間や二週間くらいはここに篭《こ》もってレベル上げできるわ」

アリサ達の意志は固いようだ。

「分かった。オレは手を出さないけど、くれぐれも無茶をしないようにね」

「うん、任せて！」

アリサが男前な顔でドンッと胸を叩《たた》いて請け合った。

一応、危険な状態になったら躊躇《ためら》わずに救援信号を出す事を約束させて、オレは一人先に要塞《ようさい》都

市アーカティアへと帰還した。

なんとなく子供の巣立ちを迎えるお父さんの気分で、ちょっとだけ寂しいけど、仲間達の成長を期待して我慢しないとね。

勇者屋

〝サトゥーです。ドラッグストアでアルバイトした事がありますが、一番大変だったのは重量物の倉庫整理やレジ業務ではなく、クレーマー対応でした。まあ、月に何人もいないんですけどね。〟

「干し肉を一〇日分くれ」

常連客がカウンターに銅貨をじゃらりと広げながらオーダーした。

仲間達と砦で別れたオレは、ここ三日ほど家屋の修繕をしながら、勇者屋の店員として働いていた。

「肉だけだと体調を崩しますよ？」

「そうか？　なら、不味《まず》い保存食も一〇食分買っていくか」

「そんなに不味いんですか？」

「ああ、すっぱ苦いし、喰《く》ってると変なえぐみがある。煮炊きできるならスープに溶いて塩で誤魔《ごま》化《か》しながら喰えるんだが、樹海の中でそんな事をしたら魔物に囲まれちまうからな」

へー、そうなんだ。

確かにジャングルの動物は鼻が良さそうなイメージがあるよね。

「ウッシャー商会の保存食はまだ喰えるんだが、あそこのはここやギルドの三倍もするからな。もうちょい美味《うま》いか、安けりゃなぁ～」

「なら、暇を見て美味《おい》しい保存食を研究してみますよ」

「そいつぁいい。頼むぜ、若さん。たくさん稼いでロロちゃん達を楽させてやれよ」

常連らしき熊人の冒険者は、そう言って去っていった。

「そんなに不味いのか……」

「食べてみます？」

ロロがいたずらっ子のような顔で提案した。

「そうだね。ライバルの味が分からないと改良もできないし」

食べてから後悔した。

セーリュー市で食べたガボの実入りのパンやパリオン神国で食べたニルボグと大差ない。いや、まだ僅差《きんさ》でこっちの方がマシかもしれないが、これを常食するのは辛《つら》そうだ。

「美味しくないでしょ？　樹海迷宮は湿度が高いから、普通の保存食だとすぐ黴《か》びたり虫が湧《わ》いたりするんですって」

「なるほど――」

冗談で「冒険者なら虫くらいそのまま一緒に食べそうだね」なんてロロに言ってみたら、「よく噛《か》んで食べないと、お腹《なか》の中で暴れて凄《すご》く痛いんですって」と素で答えられて少し反応に困った。

これは是非とも美味しい保存食を開発しないとね。

もちろん、要塞都市アーカティアで手に入れられる素材だけを使うのはマストだ。

そんな事を考えていると、誰かが扉を開けて入ってきた。

次のお客さんはどんな人――。

「下がって」

入ってきたのがスケルトンだと分かってロロを背後に庇《かば》う。

「あんっ」

ロロが小さく声を上げた。

――あんっ？

手に柔らかな感触があったので素早く離す。

保護対象にラッキースケベはいけない。

「大丈夫ですよ、サトゥーさん」

ロロがオレの腕の下を抜けてスケルトンの方へ行く。

「――配達、ご苦労様です。そこに置いておいてください。受け取りの割り符を籠《かご》に入れておきますね」

よく見たらスケルトンは荷物を担いでいた。

そういえば、この要塞都市では死霊術士に使役されたスケルトンが労働力として活用されているんだったっけ。

ロロから割り符を受け取ったスケルトンが、敬礼のような仕草をして帰っていった。

「わきゃ」

「むにゅ」

「あわわー」

倉庫の方からハムっ子達の悲鳴が聞こえてきた。

「あら？　庭で草むしりをしているはずなのに」

ロロと二人で倉庫を見に行くと、ハムっ子達が荷物の山に押し潰《つぶ》されていた。

「大変！　どうしてこんな事に――」

ロロと一緒にハムっ子達を救出する。

ある程度荷物を片すと、その原因が見えてきた。

棚の上に置いた魔芽花椰菜《イビル・ブロッコリー》の籠がハムっ子と一緒に埋もれており、末っ子ハムの両手にしっかりとブロッコリーの塊が握られていたら、推理の必要もないだろう。

「つまみ食いはダメって言ったでしょ」

「ロロ、ごめん」

「ロロ、誤解」

「ロロ、食べちゃダメ?」

ハムっ子達が詫《わ》びたり、誤魔化そうとしたり、ストレートにねだったりした。

迷宮のお土産にブロッコリーをプレゼントしたら、ハムっ子達にもの凄く好評だったんだよね。

「こんにちはー、ロロいないの～?」

店の方から声がした。誰《だれ》かお客さんが来たようだ。

「はーい！　すぐに行きます！」

ロロが来客対応に走っていった。

オレはハムっ子達と倉庫を片付けて店に行く。

店にいたのはオレが見知った人物だった。

——なぜ彼女が、ここに？

「サトゥーさん、紹介します。常連のティアさんです。よく大口の依頼をしてくださるんですよ」

「ちょ、ちょっと、ロロ。誰よ？　いつの間に同族の恋人なんて作ったの？」

「ち、違いますよ！　サトゥーさんは店の奥に下宿していて、お店を手伝ってくれているんです」

「下宿って事は、やっぱり同棲《どうせい》って事じゃないの？」

ティアさんが恋愛色に染まった発言をする。歳《とし》の割に恋バナとか好きな人なのかもしれない。

「私だけじゃなく、私の仲間達も一緒に下宿させていただいているんですよ」

「なーんだ。ようやくロロに春が来たと思ったのに。初めまして、——サトゥーさん？」

オレも彼女に「初めまして」と挨拶《あいさつ》を返す。

「サトゥーさん、ティアさんは凄いんですよ！　なんと、大魔女様のお弟子さんなんです！」

「へー、大魔女様のお弟子さんですか。それは凄いですね」

なるほど、ロロはティアさんの正体は知らないようだ。ティアさんも明かす気はないようだし、
黙っていよう。

それにしても、時代劇やラノベだったら定番だけど、まさか現実でこのパターンにお目に掛かるとは思わなかった。

「ティアさん、大魔女様ってどんな方なんですか？」

「偏屈な老人ですよ。いっつも弟子をこき使って困ってしまいます」

「もう！　ティアさんったら、いつもそんな憎まれ口ばっかり。サトゥーさん、大魔女様は何百年も前から要塞《ようさい》都市アーカティアを守護してくださっている女神様みたいな方なんです。会った事はないですけど、きっと素敵な淑女に違いありません！」

ロロが力説する横で、なんとも言えない顔をしたティアさんが百面相をしている。

「ティアさん、顔が赤いようですが――」

「あ、赤い？　そ、そんな事はない、ないはずよ！」

ティアさんがあからさまに動揺する。

ちょっと見ていて楽しい。

「本当だ！　少し赤いですよ。もしかしたら熱でもあるんじゃないですか？」

「そう！　熱！　朝から少し熱があるのよ～」

ロロの発言にティアさんが入れ食いで喰い付いた。

「樹海熱は流行《はや》ってないみたいですけど、気をつけてくださいね」

「うん、大丈夫。ちゃんと休養を取るわ」

本気で体調を気遣うロロの態度に、ティアさんはちょっと後ろめたそうだ。

「そういえば、ご用件を伺っていませんでしたが、もうお済みでしたか？」

「用件？」

オレの助け船に、ティアさんがキョトンとした顔をする。

「——そうだったわ。セイコーはいる？　この前の魔法薬が良い出来だったから、褒めてやりに来たのよ。手ほどきしただけの仮初めの師匠とはいえ、弟子の成長は褒めて伸ばさないとね」

セイコーというと、オレがロロと出会うきっかけになった馬人だ。

「その、セイコーさんは辞めちゃいました。大きな商会に引き抜かれたみたいです」

「そうなの？　まあ、依頼はちゃんと終えてから辞めるなら、最低限の義理は果たしてるか——」

ロロの表情から事実を悟ったティアさんが言葉を詰まらせた。

「まさか、依頼の途中で逃げたの？」

「はい、途中というか、依頼を始める前に……」

「よく間に合ったわね。けっこうカツカツな納期だったでしょ？」

ティアさんが気遣うような視線でロロを見る。

——あれ？　ロロは「初めての取引先」だって言っていなかったっけ？

ロロは気付いていないみたいだけど、あの取引先はティアさんが口利きしてくれたみたいだ。

「それはサトゥーさん達が頑張ってくれて」

「へー、あなた凄いのね」

ティアさんの瞳《ひとみ》がキラリと光る。

「セイコーはレシピを置いていったの？」

「いいえ、断片と走り書きのメモだけです」

「それで作れちゃう訳か――これあげるわ」

ティアさんがアイテムボックスから取り出した小冊子を渡してきた。

「レシピ集ですか？」

「ええ、錬金ギルドで公開している分だけだから、ここで使う分には問題ないわ」

「ありがとうございます」

「いいのよ。その代わり働いてもらうから」

ティアさんが良い笑顔で大口の発注書を差し出してきた。

ロロが発注書を見て悲鳴を上げているが心配無用だ。

期間はタイトだが、報酬を割り増ししてあるし、材料もアーカティア内で売っている。買えなくても迷宮で採取できそうな品ばかりだ。

「どう？　できそう？」

「はい、問題ありません」

「自信ありげじゃない。それじゃ、よろしく～」

腰を抜かしたロロの「待って、ティアさん！」という悲痛な声をスルーしてティアさんが去っていった。

なお、涙目のロロを落ち着かせるのに時間が掛かったが、ティアさんの発注は問題なくクリアできた。材料を買い集めるのに時間が掛かったけど、レシピ集の中には大量生産用のヒントが隠されていたので、わりと余裕で錬成できた。

最後はロロとハムっ子達が真っ白に燃え尽きていたけど、お役立ちなレシピ集が手に入った上に、当面の運転資金が手に入ったのだから、良い依頼だったと思う。

明日からはしばらく暇だから、美味しい保存食の研究にでも取りかかるとしよう。

◆

「やっぱり魔物素材が多いね」

「アーカティアは樹海迷宮の真ん中にありますから」

納品を終えた次の日、オレはロロと一緒にアーカティアの市場に来ていた。

勇者屋の方は臨時休業だが、この時間帯は元からお客が来ないので大丈夫らしい。なお、ハムっ子達はお留守番だ。空間魔法の「遠見《クレアボヤンス》」で確認したら、涼しい木陰で気持ちよさそうにお昼寝中だった。

「中には普通のお野菜や果物もありますけど、割高で私達庶民にはとても手が出ません」

魔物由来の食料品が割安なのもあるが、普通の野菜や果物は干した物でも五倍以上、新鮮な物に至っては一〇倍からという値付けになっている。輸送コストも高いだろうし、ハイリスクハイリターンになるのも当然だろう。

「なら、新しい保存食の材料は魔物素材一択だね」

「はい！」

ロロが良い笑顔で食材の味や加工法なんかを説明してくれる。

なんだかルルと一緒にいるかのようだ。砦《とりで》を拠点にした仲間達の狩りは五日を超えているので、もうちょっと頑張ったら一度戻ると言っていた。朝昼晩の定時連絡では、この短期間にレベルが上がりそうだと言って喜んでいた。

――ん？

ふと視線に気付いて、こっそりと周囲に視線を巡らせる。

――いた。見覚えのある顔だ。

前に魔族を討伐していた狼《おおかみ》人風の青年で、ティアさんにフェンと呼ばれていた。

彼が見ているのはオレじゃなくて、ロロだ。もしかして、ロロのストーカーだろうか？

オレが見ているのに気付いたらしく、フイッと視線を逸《そ》らして人混《ひとご》みの中に隠れてしまった。

「どうかしましたか？」

「いや、魔物由来の食材だと瘴気《しょうき》中毒が心配なんだけど――」

ロロを不安にさせたくないので、適当な話題で誤魔化《ごまか》した。

「市場のは大丈夫ですよ。大魔女様が作った浄化倉庫に保管した後に並びますから。いくら安くても闇市《やみいち》で買っちゃダメですよ？」

そう言われて確認したら、アーカティアの市場に並ぶ食材は、ほとんど瘴気を帯びていなかった。

なるほど、これなら瘴気中毒は心配しなくて大丈夫そうだ。

「アーカティアの『食』は大魔女様がいてこそ安心安全に供給されるって事か」

「うふふ、食料だけじゃなくて水もです。普通に井戸から汲《く》み上げた水には瘴気が含まれていて、そのまま飲んだらお腹《なか》を壊すか病気になっちゃうんですよ」

ライフラインは大魔女が完全に支配しているのか。魔物が侵入しないように結界も張っているみたいだし、大魔女がいてこそ迷宮の中に都市が維持できているみたいだ。

「水も浄化倉庫みたいな仕組みがあるのかい？」

「はい、アーカティアにある塔の多くはその為《ため》にあるんです。浄水塔って言うんですよ」

なるほど、それでたくさんの塔があったのか。

「あ！　サトゥーさん、これ！」

ロロが市場の露店で何かを見つけて駆け寄る。

「これはゴボウ芋っていう野菜で、あく抜きとか手間が多いんですけど、歯ごたえが良くて安いんですよ」

ロロが黒く細い野菜を手に取った。

「それじゃ、それも買おうか」

ロロに勧められるままに色々な食材や調味料を値段に関係なく買い集めた。高価な物でも少量使うくらいなら、全体のコストをそれほど上げずに済むからね。

「この『毛なし』風情が！」

罵声に振り返ると、人族の老人が獺人の冒険者達に足蹴にされているところだった。

「止めなよ！　年寄りは労るもんだよ！」

役立たずの『毛なし』は黙ってろ！」

老人の前に羊の角飾り兜《かぶと》の女性冒険者が割り込んだ。

「ノナさん」

「知り合いかい？」

「はい、うちの常連さんです」

「――ぎゃあっ」

「ノナさんっ！」

悲鳴と共に女性冒険者――ノナさんが飛んできたので受け止めた。

レベル差があったのか、ノナさんの体力がかなり減っている。

「弱っちいくせに出しゃばるんじゃねぇよ」

「お前はクビだ、『毛なし』。もう二度と俺達の前に顔を出すんじゃねぇぞ」

獺人達が老人を踏みつけてゲラゲラ笑う。どうやら、彼らは同じパーティーのメンバーだったらしい。

「ノナさん！　ノナさん、しっかりして！」

オレはノナさんの口に魔法薬を流し込み、厄介事に介入する事を決断する。

「もう、大丈夫だ」

心配するロロにノナさんを預ける。

「――邪魔だ」

渋い声が聞こえたと思ったら、老人を踏みつけていた獺人が宙を舞った。

やったのは、さっき人混みに消えたはずの狼人風の青年フェンだ。

「な、何しやがる！」

「お前は『毛なし』の仲間か！」

獺人達がレッテル張りで周囲を味方に付けようとしたが、明らかに強キャラ風のフェンを前にしては意味がなかった。

「不快だ。消えろ」

威圧スキルを使っていないのに、威圧感MAXなフェンの命令を受け、獺人達が狼狽《ろうばい》しながらこけつまろびつ一目散に逃げ出した。

「――フンッ」

フェンがこちらにやってくる。

「泣いているな。怪我《けが》をしたのか？」

フェンがロロに問う。

「い、いいえ。私は大丈夫です」

「そうか」

ロロの無事を確認して満足したのか、フェンは一瞬だけ優しい目をロロに向けた後、去っていった。もしかしなくても、ノナさんを心配するロロの叫びを聞いて駆けつけてくれたのかもしれない。

◆

「サトゥーさん、代わりましょうか？」

「大丈夫ですよ。こう見えて力持ちなんです」

気を失ったノナさんを放置する訳にもいかず、オレ達は買い出しを中断してノナさんを背負って勇者屋へと帰ってきた。

「ロロ、誰《だれ》かお客さんみたいだよ」

勇者屋の前には蜥蜴《とかげ》人のご婦人がいる。

「サトゥーさんは初めてですよね？　代々お店に蝋《ろう》を納品してくれる蝋燭《ろうそく》屋の女将《おかみ》さんです」

荷物を持っていないところを見ると納品じゃなく、御用聞きか売掛代金の回収だろうか？

「こんにちは、おばさん」

「お帰り、ロロ。すまないけど、うちの息子がどこにいるか知らないかい？」

「息子って、シャーシですよね？　今の時刻なら死霊術士ギルドか現場じゃないんですか？」

「それが三日も帰ってないんだよ。幼なじみのあんたなら、心当たりがないかと思って……」

ロロの表情からして、あまり親しくない幼なじみのようだ。

マップ検索してみると、件《くだん》の人物が歓楽街の隅にいる事が分かった。同僚らしき年長の死霊術士二人と昼間っから飲んでいるらしい。既に泥酔状態だ。

「息子さんかどうかは分かりませんが、蜥蜴人の死霊術士なら歓楽街で見かけましたよ」

藁《わら》にも縋《すが》りたい感じのご婦人に、息子さんが飲んでいる店の名前と場所を伝える。

「場所が場所だし、亭主と一緒に見に行ってみるよ。ありがとね、ロロの旦那《だんな》さん」

「お、おばさん⁈」

誤解を解こうとするロロをスルーして、ご婦人は足早に行ってしまった。箱入り息子らしい。

「——もうっ。皆《みんな》、すぐに誤解するんだから……」

ロロが真っ赤な顔で憤慨している。

いや、口元が緩んでいるから、本当に怒っている訳ではないようだ。

「ところで、サトゥーさん」

オレを見上げるロロの笑顔がちょっと怖い。

「いつの間に、歓楽街になんて行ったんですか？」

自分の腰に手を当ててお姉さんモードになったロロがお説教を始めた。

なんでも、アリサやミーアがロロに浮気の監視を頼んでいたらしい。

オレが先に帰るのは迷宮探索中に決まったのに、いつの間にそんな依頼をしていたのやら。

おそるべし、鉄壁ペア……。

ノナさんを勇者屋の長椅子《ながいす》に寝かせ、オレは台所を借りて保存食の開発を始める。

保存食自体は迷宮都市セリビーラにいる時に作った事があるので、エルフの料理人であるネーアさんや休憩中のルルに空間魔法の「遠話《テレフオン》」でアドバイスを貰《もら》いながら作業を進めた。

「――こんなものかな？」

今日は久々に生活魔法の「乾燥《ドライ》」を使って素材を加工する。ミーアの水魔法やアリサの空間魔法と違って、油断すると鰹節《かつおぶし》みたいにカチカチになるまで乾燥してしまうので加減が難しかった。

「サトゥー、硬い」

「サトゥー、甘い」

「サトゥー、ころころ」

カチカチになった果物の欠片《かけら》をハムっ子達が拾って口に入れていた。

「綺麗《きれい》なのをあげるから、『ぺっ』しなさい」

ハムっ子達に落ちた欠片を吐き出させ――末っ子ハムは意地汚いのか、なかなか手間取った――新しい欠片を与える。

完成品の味見を始めると、物欲しそうに見つめられた。

「サトゥー、美味《おい》しい？」

「サトゥー、独り占め？」

「サトゥー、ちょうだい？」

「安全性が確認できてからね」

オレはそう言って試食品を口に運ぶ。

味はわりと良い。ただ乾燥させすぎていて口の中の水分が持って行かれる。水が不足している時は食べない方が安全だね。

「後は量産の仕方か……」

試作は魔法を使っている。当面はオレが魔法で量産するけど、ロロの為にもいずれは魔法を使わない工程に落とし込んで、オレ達がいなくなっても勇者屋のラインナップに並ぶようにしたい。

「ノナさん！」

長椅子の方からロロの声が聞こえた。

ノナさんが目覚めたようだ。ハムっ子達がそちらに向かって転がるように移動したので、その後を付いていく。

「おー、お前ら奥にいたのか」

ノナさんがハムっ子達をわしゃわしゃと撫《な》でる。

今気付いたけど、ノナさんはなかなか露出が多い。アーカティアは熱帯の気候だからか、胸帯とショートパンツに骨製の部分鎧《よろい》を装着している。虫除《むしよ》けに油を塗って肌がテカテカしているのもあって、精悍《せいかん》なアマゾネスといった感じだ。

「——誰？」

「勇者屋の店員でサトゥーと申します」

びっくりした顔で問われたので、最適な自己紹介をする。

「ノナさんの怪我を治して、ここまで運んでくれたんですよ」

「え、マジで？　重かったろ、あたし」

ノナさんが顔を赤くして上目遣いにこちらを窺《うかが》う。

「そんな事ありませんよ。これでも力持ちなんです」

数トンの岩でも持ち上げられます。

「そっか。――なんか口の中が甘いんだけど」

「魔法薬を飲ませたからでしょう。甘い味付けにしてあるんですよ」

「魔法薬？　ま、まさか口移しで――」

ノナさんが真っ赤な顔でこっちを見る。

「安心してください。瓶から直接、口に流し込みました」

「そ、そっか、そうだよな」

ノナさんは安堵《あんど》と失望が混ざった複雑な顔で深く息を吐《つ》いた。意外に乙女らしい。

「そうだ。魔法薬の代金を払うよ。リーダーに腹を蹴《け》られた時は死ぬかと思ったから、けっこういい薬を使ったんじゃないか？」

「いえ、下級の体力回復薬ですよ」

効果は中級魔法薬の標準品に近いけど、間違いなく下級の魔法薬だ。

ちょっと最高品質なだけである。

「へー、セイコーの奴《やつ》、腕を上げたんだな」

「いえその……作ったのはサトゥーさんなんです。セイコーさんは辞めちゃいました」

「そうなのか？　ロロは良い旦那を見つけたな。あたしもそろそろ婚活しないと行き遅れちまうぜ。最悪、誰かに種を貰って子供を作るだけでもいいけどな」

ＡＲ表示されるノナさんの年齢は二三だ。オレの感覚だと、まだまだ焦る歳《とし》じゃないと思う。

「おっと、変な話して悪かったな。さっきの魔法薬をもう五本ほど買っていくよ。さっきのと含めて六本分だな。後は『迷わずの蝋燭《ろうそく》』を一〇本とクソ不味《まず》い保存食を三〇食分頼む」

「……あ、あのノナさん」

景気よく注文するノナさんに、ロロがさっき獺人が言っていたパーティー追放の話をする。

「そっか。どうせ抜けようと思ってたクソパーティーだったから、せいせいするぜ」

ノナさんが強がる風でもなく言う。

「注文したのは買っていくから」

「いいんですか？」

「ああ、鬼人街でゴブリンが大量発生したみたいでさ、ギルドの緊急依頼で討伐隊が結成されるんだよ。だから、パーティーを抜けたって問題ない」

ノナさんの言葉に、ロロが安心した顔になった。

売り上げが確保できた事じゃなくて、ノナさんが路頭に迷わずに済んだ事を喜んでいるようだ。

「あたしみたいな『毛なし』にも声が掛かったくらいだから、餓狼級の冒険者は片っ端から声を掛けられているんじゃないか？　鬼人街は広いし、ゴブリンは隠れるのが上手《うま》いからな」

後でロロに聞いた話だが、鬼人街と呼ばれる樹海迷宮の狩り場でゴブリンが大量発生するのは、何年かに一度起こる災害みたいなものらしい。

「ロロ、蝋燭」

「ロロ、保存食」

「ロロ、褒めて」

ハムっ子達が倉庫から注文の品を運んできた。頭の上にリフトアップして運んでくる様子が可愛《かわい》い。写真を撮ってアルバムに飾りたいくらいだ。

ちなみに、魔法薬は落としたら困るので、カウンター裏の床下収納庫に保管してある。

「――あれ？　保存食が多いぞ？」

代金を払って商品を受け取ったノナさんが、こっそり忍ばせた品に気付いた。

「そっちの白い紐《ひも》で括《くく》ってある方は試供品です。こっちの虫除けも良かったら、どうぞ。後で感想を聞かせてください」

虫除けはオレと別行動を取る仲間達の為《ため》に開発したヤツだ。オレと一緒なら、生活魔法の「害虫避け《バグ・ワイパー》」があるからね。

「もしかして、ウッシャー商会の馬鹿《ばか》高い保存食みたいな奴か？」

「値段は二割増しくらいで出せると思いますよ」

「ふーん、なら後は味だな。期待してるぜ」

ノナさんが挑戦的な笑顔を残して店を出て行った。

ロロに店番を任せ、オレは新商品の開発に戻る。たまにカリオン神がゴーレム回しの芸人に与えた紙ゴーレムの魔法の解析に浮気したり、ハムっ子達に新作の味見をさせたり、迷宮都市セリビーラの「蔦《つた》の館《やかた》」地下でこっそり進行中のキメラ復元処理の経過を家妖精のレリリルに遠話で確認したりして過ごした。


夕飯後の定時連絡では――。

『ご主人様、こっちは順調よ。今日は城下町に遠征してタウロスを狩りまくったわ。でも、そろそろご主人様成分が切れてきたから、あさってには戻ろうと思うの』

『分かった。なら、ご馳走《ちそう》の準備をしておくよ。リクエストはあるかい?』

『――皆、ご主人様がご馳走のリクエストはないか、って』

アリサが遠話の内容を仲間達に伝える声がする。

『ご主人様、ちょっと捌《さば》ききれないから、順番にそっちから遠話してくれる?』

どうやら、アリサの方では収拾が付かなくなってしまったようだ。

とりあえず、小さい子から順番に繋《つな》ごうかな?

『ご主人様! ポチなのです! ポチはとってもとっても頑張っているのですよ! 今日も――』

ポチを最初に繋いだのは間違いだったかもしれない。怒濤《どとう》の勢いでポチがどんな活躍をしたかとかどんな食事が美味しかったとかを色々と話してくれる。

『タウロスのお肉を毎日お腹《なか》いっぱい食べているのです！　でも、ご主人様のご飯は別腹だから、ポチはやっぱりお肉が良いのです！　ハンバーグ先生もステーキも丸焼きもすき焼きも、ポチは何でも大好きなのです！　ご主人様と一緒だとポチはそれだけでご飯三杯はいけるのですよ！』

ポチの嬉《うれ》しい気持ちが伝わってきてオレも嬉しくなってくる。

続けて、タマ、ナナ、ミーア、ルル、リザの順番でリクエストと近況を聞いて通話を終えた。

ちょっと足りない素材があるので、買い出しをする必要がありそうだ。エチゴヤ商会にもそろそろ顔を出さないといけないし、ヒカルやシズカ達の様子も見ておいた方がいいだろう。

オレはロロに翌日のお昼頃《ごろ》まで出かけると伝え、深夜の内に「帰還転移《リターン》」でシガ王国方面に移動した。時差を考えれば、向こうは丁度夜明けくらいだろう。

インターミッション

〝サトゥーです。きちんとスケジュールを組んでいても、不可抗力なトラブルや遅れが重なって、殺人的な忙しさになる事はよくあります。それでも優先順位を見据えて処理していけば、大抵はなんとかなるものです。〟


「おはよう、朝だよ」

天蓋《てんがい》付きの大きなベッドに腰掛け、愛《いと》しい人に優しく声を掛ける。

起きている時の光が舞うような笑顔も大好きだけど、微睡《まどろ》みの中の無防備な横顔も好きだ。

「……サトゥー」

うっすらと開いた瞳《ひとみ》がオレを見つけて、花が咲くような笑みを浮かべた。

周りに色とりどりの花弁が散りそうな可憐《かれん》さだ。

このまま欲望に負けて押し倒したい気持ちになったが、オレの背後で看守のように立つ巫女《みこ》ルーアさんが怖いので、無駄に多い精神値《MND》に頼って紳士な態度を貫く。

「おはよう、アーゼさん」

「おはよう、サトゥー」

驚きで目覚めたアーゼさんが、掛け布団で顔を隠して、こわごわと目元まで布団をずらしてこちらを見る。

「もしかして、私の寝顔を見た？」

「はい、とても可愛かったですよ」

そう素直に感想を告げたら、アーゼさんの綺麗《きれい》な顔に朱が差した。

うん、恥ずかしがるアーゼさんはいつにも増して可愛い。

「アーゼ様、お召し替え係のブラウニー達が到着しました。もう少し掛かるようでしたら、外で待たせますけど？」

巫女ルーアさんが砂糖を吐きそうな顔で告げる。

「ま、待たせなくていいわ。入ってもらって」

「分かりました。――入って良いそうです」

扉から童女のような容姿をした家妖精ブラウニー達がしずしずと入ってくる。

皆《みんな》が皆、一様にオレを見て驚いた後、恋バナに花を咲かせる女子中学生のような顔でキャッキャとはしゃぎ始めた。

「はいはい、皆さん。お仕事、お仕事」

巫女ルーアさんがパンパンと手を叩《たた》くと、ブラウニー達がキビキビと動いてアーゼさんの髪を梳《と》かし、薄い妖精絹のネグリジェを――。

アーゼさんの白い肩に目が吸い寄せられそうになったが、意志の力を総動員して後ろを向く。

エルフ達やハイエルフは裸体を晒《さら》すのに無頓着《むとんちゃく》なのを忘れていた。

オレは隣室で待っていますとアーゼさんや巫女ルーアさんに声を掛けて部屋を出る。

廊下に生えた花々が、爽《さわ》やかな香りでオレの煩悩を洗い流してくれた。

脳裏に過《よぎ》ったアーゼさんの白い肩は脳内●ＲＥＣで墓場まで持って行こうと思う。


「うふふ、朝食を一緒に食べるなんて久しぶりね」

上機嫌のアーゼさんと一緒に、宮廷料理さえ色あせそうな美味《おい》しいエルフ料理をご馳走になる。

一品一品の完成度もさる事ながら、アーゼさんと一緒っていうのが大きいかもしれない。

「今はどこにいるの？　前は内海諸国を観光しているって言っていたけど」

洗練されたアーゼさんの所作はとっても綺麗で、思わず食事も忘れて見惚《みと》れそうだ。

「大陸南西にある樹海迷宮にいます」

「もしかして、ミーア達の修行？」

「はい、今も樹海迷宮に泊まり込んで頑張っていますよ」

「あれだけ強くなったら、もう十分じゃないの？」

アーゼさんがフォークを止めて首を傾《かし》げた。こんな顔もレアで可愛い。

「パリオン神国やピアロォーク王国で強敵と戦った時に力不足を感じたみたいです」

魔王や「まつろわぬもの」と戦ったとは言わない。

アーゼさんを心配させちゃうからね。

「そうなの？　この前見たミーアのレベルなら、上級魔族相手でも戦えそうだったけど……」

「さすがにまだ上級魔族の相手は無理ですよ」

今でも死なずに戦う事はできると思うけど、誰《だれ》も犠牲を出さずに勝とうと思ったら、相手にもよるけどレベル六〇後半は必要だろう。安全マージンをたっぷり取るなら、レベル八〇は欲しい。

「ふう、美味しかった。サトゥー、デザートは世界樹の枝に座って食べない？」

「いいですね。行きましょう」

配膳《はいぜん》をしてくれていたブラウニー達に礼を告げつつ、アーゼさんが持とうとした果物の籠《かご》を横から掠《かす》め取って、手持《ても》ち無沙汰《ぶさた》な彼女の手を取ってエスコートする。

「世界樹の枝でデザートなんて、何か贅沢《ぜいたく》ですね」

「そう？　ここはマナが循環していてとっても気持ちいいの。ほら、小精霊達も楽しそうでしょ？」

精霊視を発動すると、金色に輝くアーゼさんの周りを色とりどりの綿毛のような光がふわふわと飛んで、彼女に寄り添っていた。

それを眺めながら、果物を術理魔法の「万能工具《マルチプル・ツール》」で作ったナイフで切り分ける。

「はい、アーゼさん」

万能工具のフォークに一切れ刺して差し出すと、アーゼさんは少し恥ずかしそうにした後、とろけるような笑顔で果物に囓《かじ》り付いた。フォークごと渡すつもりだったんだけど、こういうのも甘々でいいね。

砂糖をマーライオンみたいに吐き出しそうな顔をした巫女ルーアさんに見守られながら、オレ達は最高の朝を満喫した。

このまま何日か滞在したい欲求に駆られたが、他《ほか》に行かないといけない場所が多いので、要塞《ようさい》都市アーカティア産のお土産を渡してお暇《いとま》した。巨大なブロッコリーはアーゼさんを始め、野菜好きのエルフ達に大歓迎されたようだ。

◆

「おはよう、サトゥーさん！」

ボルエナンの森を出て、南洋に浮かぶラクエン島を訪れると、大人モードのレイがハグで出迎えてくれた。普段は消費魔力の少ない幼女形態なのに珍しい。

「おはよー、マスター・サトゥー」

妹のユーネイアは少し眠そうだ。

大きなあくびはいいけど、寝間着がはだけそうになっているから、「理力の手《マジック・ハンド》」でこっそり直してやった。

「おはよう、レイ、ユーネイア」

オレは挨拶《あいさつ》を返し、お土産の巨大ブロッコリーや要塞都市アーカティアで買った小物をプレゼントする。レイには瘴気《しょうき》が厳禁なので、お土産は徹底的に浄化しておいた。

「朝食の用意がしてあるの。一緒に食べましょう」

「ありがとう、ご相伴に与《あずか》るよ」

ボルエナンの森でたっぷり食べたけど、こんなに良い笑顔で誘われては断る訳にはいかない。

ボリュームたっぷりの南国料理を、二人の笑顔と共に味わう。

「サトゥーさん、これを見てほしいの」

食後のお茶の時にレイが紐《ひも》綴《と》じの紙束をオレに差し出した。

表題の文字に目が吸い寄せられる。


――天護光蓋《てんごこうがい》の小型化について。


それはかつて、オレが不可能だと断じた事だ。

「レイ、これは?」

思わず興奮した声を出してしまった。

「特殊な宝石が必要だから、実現可能かどうかは分からないんだけど……」

レイは不安そうに伸ばした指を捏《こ》ねる。

彼女の言う宝石とは神々由来の神石の事らしい。八種類の石の内、二種類はオレの手持ちにあった。「まつろわぬもの」の一件でカリオン神とウリオン神から報酬として貰《もら》ったヤツだ。

本来の機能を実現するには八個必要みたいだけど、一つか二つだけでも自動車一台分くらいの体積でなら作れそうだ。ちょっと魔力消費が大きそうなので、聖樹石炉を増設しないと黄金装備に組み込むのが辛《つら》そうかな?

「サトゥーさんの役に立ちそう？」

「立つ、立つ！　凄《すご》く役に立つよ！　ありがとう、レイ！」

オレはレイを抱き締め、その場でくるくると踊ってしまった。

これなら艦載用から小型化できずにいた「フォートレス」機能の防御力アップ版である「キャッスル」機能を、黄金鎧《よろい》に組み込む事ができそうだ。いや、それどころか、艦載用よりも何倍も性能がアップできるかもしれない。

ラクエン島でしばらくレイと冊子の内容について話した後、名残惜しそうなレイ達と別れてシガ王国へと向かった。

◆

「「「クロ様、お帰りなさいませ！」」」

シガ王国王都にあるエチゴヤ商会本部に顔を出したら、すぐに見つかって商会幹部達から華やかな挨拶を貰った。

部屋の間取りを変えたらしく、部屋の広さと幹部の数が倍に増えている。

報告では男性も幹部に登用したらしいが、ここには勤務していないようだ。

隣接する支配人室から、華やかな金髪美女のエルテリーナ支配人と支配人秘書で静謐《せいひつ》な美貌《びぼう》を持つ銀髪美女のティファリーザの二人が現れた。

「「クロ様、お帰りなさいませ」」

この二人が並ぶと実に絵になる。もっともお飾りの代表ではなく、エチゴヤ商会をシガ王国有数の大商会に引き上げた実力者だ。

「近況を聞こう」

クロのクールなキャラを意識しつつ言う。

本音としては早く帰って黄金鎧用「キャッスル」の開発に入りたいが、そういう訳にもいかない。社会人なら趣味は仕事の後でするべきだからね。

後ろ髪引かれる思いを振り切って、支配人達に意識を向ける。

「幹部の増員を行いました。正確にはまだ幹部候補生ですが、半年ほどで幹部に登用する予定です」

支配人がそう言った後、増員した幹部候補生達を紹介してくれた。

王立学院や正規の学校を出た才媛《さいえん》が多いが、叩き上げの商人や私塾出身の学者も少なくない。そのせいか幹部の平均年齢は二割ほど上がった感じだ。

「利益還元の為《ため》の事業拡大が続いているので、幹部候補生の増員は今後も継続したいと思います」

「そうか。教育の方は間に合っているのか？」

促成栽培だと社員教育が行き届かなかったりするからね。

「そちらは順調です。タチバナ顧問から送られてきた教育手順に従って幹部候補生を育成しております。貴族の紐付きもいますが、そちらは各地の支店に派遣したり、新規開拓事業に使ったりと工夫をしておりますのでご安心ください」

タチバナ顧問――アリサの作った教育プログラムは役に立っているようだ。

支配人の話が一段落したら、次はティファリーザが前に出た。

「ルックラー団長率いる商船団一三隻は、予定通りにタルトゥミナの港からパリオン神国に向けて出港しました」

ティファリーザが氷の美貌に誇らしげな表情を浮かべる。

パリオン神国のドーブナフ枢機卿《すうききょう》とサトゥーの間で結ばれた交易契約をエチゴヤ商会に委託したという形になっている。交易に必要な「パリオン神の灯火」と神官は、オレが「帰還転移《リターン》」でパリオン神国からタルトゥミナへ連れて行った。

「ただ、噂《うわさ》を聞きつけた貴族や商会の商船五隻ほどが便乗してついていったようです」

「大丈夫なのか？」

「我が船団は『パリオン神の灯火』によって魔物から守られていますから、そのお零《こぼ》れを狙《ねら》っているのでしょう」

「もし襲われたとしても、当船団に影響はありません。彼らもリスクは承知した上での行動でしょうから、気に病む必要はないと思われます」

支配人とティファリーザが淡々と告げる。

アンフェアな行動を取る者に情けは無用という事だろう。

次は移民担当の幹部娘が前に出た。

「ムーノ伯爵領への移民の件ですが、ロットル執政官がオーユゴック公爵と王国政府に根回しをしてくださったお陰で、東方航路と就航したばかりの北方航路の大型飛空艇を移民に使わせていただける事になりました」

「ほう、それは重畳」

東方航路は王都と公都とガニーカ侯爵領の領都を巡る従来からある航路で、北方航路はセーリュー伯爵領と王都を結ぶ新規航路だ。

「その代わり、王国政府に納品される予定だった小型飛空艇の二番艇が、ムーノ伯爵領ではなくセーリュー伯爵領へ優先貸与される事になったようです」

支配人が裏事情を教えてくれた。

なるほど、ヒカルの話だと理由がよく分からなかったけど、ゼナさんの帰郷が流れた理由は移民計画のせいだったのか。ちょっと悪い事をしたかもしれない。

続いて、王都や周辺都市の各種事業の報告を受けた。

福祉事業以外にも赤字の部門が幾つかあったけど、どれも研究への投資や後援が目的だったので問題ない。他が大幅な黒字だしね。

国内事業の話が終わって今度は他国の話に移った。

「パリオン神国支店のメリナから報告と幾つかの要望が届いています」

「要望？」

「はい、現地雇用の枠を拡大し、砂人の民芸品をシガ王国との貿易品目に加えたいそうです」

「許可する。初めの内は採算が取れなくてもいい」

メリナから届いた報告書に目を通す。

オレが転移で運んだ品々を売却して、莫大《ばくだい》な利益と内海諸国へのパイプを得たようだ。実に優秀で頼もしい。

「それと内海諸国から品物を直接仕入れる為に、近距離用の船舶を数隻欲しいと打診がありました」

「ドーブナフ枢機卿と競合する。時期尚早ではないか？」

「はい、私もそう思います」

いずれ手を出すのは構わないと思うが、初期利益は互いに享受し合った方が良いと思う。

「ペンドラゴン子爵から依頼された羊や山羊《やぎ》の調達とクボォーク王国への輸送任務は問題なく完了したそうです。担当していたコストーナは中央小国群を巡り、各国の首都にエチゴヤ商会の出張所を設立して回る予定です」

「一度、戻さないのか？」

長期出張が続きすぎるとストレスが溜《た》まるし。

「本人の希望です。内乱が治まらないヨウォーク王国は除外させていますのでご安心ください」

「そうか」

エチゴヤ商会の幹部娘達って、ワーカホリックの気《け》があるよね。

「ロゥーナはビスタール公爵領を巡る事を希望していましたが、そちらは内戦後で治安が悪化しているので却下しました」

「うむ」

反乱に参加していた騎士や兵士の中には、野盗化した者もいるはずだからね。

「外回りの報告は以上か？」

「いえ、もう一件ございます。以前お話ししていた先遣商隊を派遣いたしました」

そういえばその件もあった。東方のスィルガ王国やマキワ王国、北方のカゾ王国やサガ帝国への支店設営の前段階に調査を行わせる予定なんだよね。

「護衛は問題ないか？」

「はい、ミスリルの探索者を何人か雇用できたので、竜や魔族でも出ない限りは大丈夫です」

そういうフラグは立てないでほしい。


事業関係の話が終わったので、今度は研究開発の話だ。

「小僧から頼まれた博士達はどうしている？」

カリスォーク市でパトロンになった変形博士ジョッペンテール氏を始めとした主流から外れた研究をしていた博士達の近況を確認した。

「皆様、精力的に活動されています」

「ジャハド博士の工房の近くに、皆様の工房を新設して研究に当たられています。アオイ君がパイプ役を務めてジャハド博士との交流も盛んなようです」

支配人の報告をティファリーザが詳細に教えてくれる。

「ジャハド博士が再設計した空力機関搭載の新型超高速飛空艇は、従来の三倍の揚力と飛行速度を実現しましたが、従来の魔力炉では出力が足りず、実用化には至っていません」

「そうか。後で顔を出そう」

あいかわらず魔改造が続いているようだ。

工場や直営店に顔を出すついでにちょっと寄ってみよう。

「他《ほか》に何かあるか？」

「シガ八剣のリュオナ様はあいかわらず数日に一度はクロ様を訪ねておいでになります」

支配人が少し困った顔で告げる。

——シガ八剣は暇なのだろうか？

「最近はシガ八剣御用達の店として、武具がよく売れております」

武具売り場担当の幹部娘が良い笑顔で追加報告した。

まあ、売り上げに貢献してくれているなら別に放置でいいか。重要な用件って訳でもないみたいだし。


直営店の売り場で赤毛のネル達を褒め、いつの間にか広さが倍になっている工場でポリナから苦労話を聞きつつ激励して工場を見学した後、警備部のスミナの姐御《あねご》の部隊が行う実戦さながらの訓練を視察し、賑《にぎ》やかな工房区画へと移動する。

忙しいはずだが、なぜか支配人とティファリーザの二人が随行していた。

「なぜじゃ！　なぜ、途中で新型推進機関が止まる！」

「だから要求される出力が大きすぎるんですって」

日本人転移者で美少女風のアオイ少年を中心に、博士達が議論していた。

「アオイ少年、ここはワシが考案した双発魔力炉を採用してみてはどうかな？」

「この前、同期に失敗して爆発騒ぎを起こしたばかりじゃないですか！」

「魔力炉を分解して一から組み直せば良いのではないか？」

「博士は分解したいだけでしょ！」

「速度に合わせて飛空艇の筐体《きょうたい》を変形させるのはどうだ？」

「却下です！　その変形に使う魔力がないって言ったじゃないですか！」

どうやら、アオイ少年はツッコミ役と司会役らしい。

回転狂のジャハド博士や変形博士のジョッペンテール氏、それに爆発博士や分解博士を始めとした不遇博士達が活発に意見交換している。

彼らの近くに置かれた新型飛空艇は、変形機構が追加されたり、特殊加工された装甲が追加されたりと好き放題に魔改造されていた。

「あ！　クロ様！」

アオイ少年がオレに気付いて大きく手を振った。

「クロ殿！　予備の筐体や魔力炉を何個かくれんか？　皆で好き勝手に改造しすぎて収拾がつかんのだ」

「良かろう。空力機関の予備もあるから好きに使え」

オレはそう約束し、彼らの魔改造の内容を順番に見せてもらった。

どれも面白い改造だが、中でも変形博士ことジョッペンテール氏と無精《ぶしょう》博士ことカイバー氏によるシートの自動脱出装置が面白かった。自動でシートベルトが装着されて椅子《いす》に固定され、椅子の周りに保護用殻が展開して射出される仕組みだ。

「実用化は可能か？」

「まだまだ無理じゃ。射出するところまでしかできておらん」

「テスト機に載せた人形はバラバラになってしまった」

自動装着というアイデアはいいね。

オレは早着替えスキルによる変身ができるけど、仲間達は緊急時に装備を着込むのに時間が掛かる。日曜朝のアニメや特撮みたいに、合い言葉《コマンドワード》で装着できれば言う事なしだ。

二人の博士に説明を受け、おおよその仕組みと必要な資材については理解した。

情報のお礼に、二人には昔試作したパラシュートをプレゼントしてやる。

「わーい、クロ様だー」

軽快な声と共に、小柄な女の子が抱き着いてきた。

石狼娘《せきろう》のロゥーナだ。旅装束のままという事は、王都に戻ってすぐに会いに来てくれたようだ。

「ロゥーナ！　クロ様にぶれ、無礼ですよ！」

「そうです。離れなさい、ロゥーナ」

焦った顔の支配人と焚き火《たび》まで凍りそうな視線のティファリーザによって、ロゥーナが引き剥《は》がされた。

――あれ？

気のせいか博士の数が増えている。

「ロゥーナ、彼は？」

「あの人は浮遊石の研究者。スカウトした！」

サガ帝国の研究所にいたらしいが、研究費が下りなくて資材購入もできないからって飛び出したそうだ。

「――浮遊石？」

「うん、空に浮かぶ石だって」

そういえばボルエナンの森にもあったっけ。精霊視の修行をした滝の傍《そば》に、たくさん浮いていた記憶がある。

「ロゥーナ、クロ様には敬語を使いなさい」

「はーい。忘れてた――忘れてました？　いいですよね、クロ様」

スカウトの件だろう。

「構わん。浮遊石には心当たりがあるから、そのうち手に入れてきてやる」

巨大な岩が無造作にたくさん浮いていたし、少しくらいなら分けてもらえるだろう。また、アーゼさんに会いに行く理由にもなるし、丁度良い。

「本当か⁈　浮遊石と言えばサガ帝国の北方にある大怪魚《トヴケゼエーラ》の巣にしかないと噂《うわさ》の希少な鉱物ぞ？」

サガ帝国の北方に大怪魚トヴケゼェーラの巣があるのか、良い情報だ。

まあ、鯨肉はまだ六匹分が丸のまま残ってるから、当分は補充の必要もないんだけどさ。

「浮遊石はどういう仕組みで浮いているのかは解明できているのか？」

「中にある微細な闇石《やみいし》の粒子が関係していると考えておるが、サンプルが少なすぎて研究が進んでおらんのだ」

浮遊石の現物はないので、博士には闇石を提供しておいた。

工房区画の空き地に小型飛空艇用の予備筐体を三隻分と魔力炉を大小何種類か出しておいた。魔力炉は前に南洋でサルベージしたのや海賊から巻き上げたモノだ。

「この大型なら出力が足りるかもしれん」

「こんなに重いのが載せられるわけないじゃないですか」

「じゃが、新しい推進機関には高出力な魔力炉がどうしても必要になる」

そういえばさっきもそんな話をしていたっけ。

「これを使ってみるか？」

「これは？」

「蒼貨《そうか》だ」

「フルー帝国を支えた『賢者の石《フィロソフィウム》』か！」

「まさか、本物をこの目で見る日が来るとは思わなんだ！」

蒼貨を掲げるジャハド博士の周りに他の博士達が群がった。

聖樹石炉を与えても良かったが、博士達なら完成品を与えるよりも、こっちの方が新しい発見や発明が生まれそうな気がしたんだよね。

博士達が盛り上がって研究に没頭し始めたので、ロゥーナ達を連れてエチゴヤ商会本店へと戻った。

ロゥーナ達の帰還祝いを兼ねた昼食会は、参加者急増で通りに人が溢《あふ》れて通れないほど盛況になってしまった。ティファリーザが先回りして衛兵詰め所やご近所に連絡を入れておいてくれなかったら、困った事になっていたかもしれない。有能な秘書は得がたいね。

◆

エチゴヤでの用事を終えたので、ヒカルに会いに行く。

昼間だからか、王立学院近くにある下宿の前で楽しそうに掃き掃除をしていた。

「ヒカル、変わりないか？」

クロの姿で来る訳にいかなかったので、付《つ》け髭《ひげ》を付けただけの雑な変装でヒカルの前に立つ。

「え？　イチロー兄ぃ？　イチロー兄ぃだ！　イチロー兄ぃ‼」

ヒカルが予想外の勢いで抱き着いてきた。

戸惑いながらヒカルを受け止め、自分がとんでもない失敗をした事に気付いた。

「すまん、ヒカル。オレはサトゥーだ。お前の鈴木一郎じゃない。これはただの変装だ」

オレは付け髭を外し、ヒカルが再会を望むヒカルの世界の「鈴木一郎」じゃない事を告げる。

「――え？　そんなぁ、そんなのないよぉ」

泣き崩れるヒカルを抱き留める。

変装するにしても、もっと別の姿にするんだった。彼女のイチローが髭面だとは知らなかったよ。

「悪者発見ー！」

「管理人さんを泣かせるな！」

子供達の声がして後ろから尻《しり》を蹴《け》られた。

耐久値《VIT》が高いせいか、蹴った方の子供達が足首を押さえて蹲《うずくま》っている。

このままだとサトゥーだと気付かれそうなので、適当な仮面で顔を隠す。

「ヒカル先生を離して！」

遠巻きにしていた子供達がオレに訴える。

見覚えのある顔だ。この子達は迷宮都市セリビーラの私立養護院から王立学院の幼年学舎に留学している子供達だ。その中にはパリオン神国で救出した転生者のダイゴ君の顔もある。

そういえば足下で蹲っている子供の片方――女の子はダイゴ君と同じユニークスキルを失った転

生者のチナツちゃんだ。最後に会った時は弱々しかったのに、下級エリクサーとシズカの看病が効いたのか、元気いっぱいに見える。良かった、良かった。

「皆、大丈夫だよ。管理人さんは元気なんだから！」

ヒカルが涙を拭《ぬぐ》って、無理に笑顔を作って子供達を安心させようとする。

空元気なのは子供達にも分かっていたようだが、ヒカルを気遣ってそれを指摘する事なく、ヒカルの手を引いて下宿の中に入っていった。

オレは気まずいので、いったん下宿を離れてからペンドラゴン家の御用商人アキンドーに変身して出直した。

「アキンドーさんだ！」

「ここに来るなんて初めてだね」

「今日のお土産は何？　甘いの？　それともお肉？」

子供達が群がってきた。ダイゴ君とチナツちゃんは初見だからか、他《ほか》の子達に「誰《だれ》？」と尋ねている。

オレは子供達にお土産を渡し、ヒカルのいる管理人室に向かった。

「イチロー兄ぃ、さっきは取り乱してごめんね？」

「謝るのはオレの方だ。デリカシーのない事をしてすまない」

「悪気はなかったんでしょ？　私にも分かる変装ってくらいで」

「いや、本当にすまない。この通りだ」

その通りだけど、ヒカルを泣かしたのは事実なので、床に着くほど頭を下げ詫《わ》びの言葉を重ねた。

「もう良いってば。私が私のイチロー兄ぃに会えるのは、パリオン神も保証してくれているんだし——この話はこれでおしまい！」

ヒカルはパンッと手を叩《たた》いて無理矢理話を終わらせた。

これ以上は触れない方が良さそうだ。

「それより、サガ帝国やパリオン神国からセテに親書が届いたよ」

ヒカルの言うセテとはシガ国王の愛称だ。

「親書って、その二国からって事は、オレが魔王討伐に協力したって内容か？」

「うん、そうそれ。『勇者と二人で魔王を討伐した英雄の誕生だ！』って言って、王宮で大騒ぎだよ」

——マジか。

「二人でって、他にもハヤトの従者達や黒騎士や聖剣使いもいたんだけど？」

「うん、公文書は勇者一行に助力した事を感謝するって内容だったんだけど、従者をしていたリーングランデって公爵令嬢がイチロー兄ぃの活躍を書いて寄越《よこ》したらしくて、そっちの内容がオーユゴック公爵領の貴族達を中心に広がっちゃったみたい」

……リーングランデ嬢、何をしてくれているかな。

詳しく聞いたら、食いしん坊貴族のロイド侯爵とホーエン伯爵の二人が精力的に吹聴《ふいちょう》しているらしい。あの二人の事だから、善意からの行動だろうけど……。

「要塞《ようさい》都市アーカティアにいる事は言ってないから安心して。セテ達は西方諸国の大使達にサトゥーの召還状を送ってたわ」

受け取ったらシガ王国に戻ってこない訳にはいかないので、樹海迷宮行きを決断したのは僥倖《ぎょうこう》だった訳だ。

「とりあえず、オレの方から当たり障りのない内容の報告書を、宰相とムーノ伯爵に送っておくよ」

他にも迷宮都市セリビーラの太守夫人や夫人の友人で王都の社交界に絶大な影響力を持つエマ・リットン伯爵夫人の二人にも手紙を出して、噂の鎮火に協力してもらおう。幸いな事に、西方諸国で手に入れた彼女達好みのアクセサリーや美術品がけっこうあるし、贈り物の残弾は豊富だ。

「そういえばダイゴ君とチナツちゃんがこっちに来てたみたいだけど」

「三日くらい前から、お試しで幼年学舎に通わせてるの。シズカも子供達には学校に行かせたいって言ってたし、二人もこっちの学校に興味津々だったから」

「ふーん、あの二人の転生前って聞いた？」

「ダイゴ君は高校生くらいで、チナツちゃんは小学校高学年だったみたい」

「不確かな言い方だな？」

「それが——よく覚えてないんだって、二人とも」

ヒカルによると、ダイゴ君とチナツちゃんの二人はユニークスキルを失って以来、前世の記憶がどんどん朧気《おぼろげ》になっていっているらしい。

「この事はシズカの前では言わないでね。気にするから」

「分かった。言わないよ」

他者に強要されての事とは言え、二人のユニークスキルを奪った事に責任を感じそうだ。

シズカは鬱《うつ》やストレスで魔王化までした繊細なメンタルをしているから、うかつな発言は禁物だね。

「シズカは元気にしているかい？」

「うん、元気よ。犬を飼いたいって言ってたから、セテに言って可愛《かわい》い子犬を貰《もら》ったの。今は子犬の世話と創作活動に全力よ」

夢中になれるモノがあれば悩む暇もないだろう。

「顔を見せに行ってあげてよ。ダイゴ君とチナツちゃんはこっちに慣れるまで帰らせないように言われているから、私しか顔を出してないからさ」

「分かった。行こうか」

ヒカルの馬車で彼女の屋敷であるミツクニ公爵邸へと向かった。

御者に聞こえないように「密談空間《シークレット・フィールド》」の魔法で遮音してから、会話を再開する。

「迷宮都市組の近況は知ってる？」

「ブートキャンプは定期的にやってるよ。カリナちゃんやゼナちゃんはどっちもレベル四〇を突破。アディーンちゃん達姉妹がもうちょっとでレベル四〇だよ！」

「それは凄《すご》いね」

セーリュー市の魔法兵としてそれなりに訓練してきたゼナさんはともかく、ムーノ男爵領でオレ達と出会ってから訓練を始めたカリナ嬢がレベル四〇を突破したのは凄い。カリナ嬢の場合、「知性ある魔法道具《インテリジェンス・アイテム》」のラカによる鉄壁の守りと強化があるとは言え、それでも凄い。

姉妹達の成長はナナにちゃんと伝えてやろう。

「カジロ君はレベル五〇が見えてきた感じ。アヤゥメちゃん、イルナちゃん、ジェナちゃんもレベル三〇を超えて、ぺんどらの子達も一番高い子でレベル三〇に届きそう、かな？」

迷宮都市セリビーラの探索者学校で教師を務めるサガ帝国の侍カジロ氏や女忍者のアヤゥメ嬢、古株教師で元探索者のイルナとジェナ、そして探索者学校の卒業生である「ぺんどら」達も頑張っているようだ。

それぞれの活躍話を聞いている間に馬車が公爵邸に到着した。

ヒカルに変な噂が立っても困るので、早着替えスキルでヒカル似の女性商人に化けて彼女の私室に向かう。御者の人は驚いていたけど、スルーした。ヒカル似なのは女性の顔をした変装マスクが勇者ナナシ用に作ったヒカルの顔しかなかったからだ。

「そうだ、言い忘れてたけど――」

ヒカルがそう前置きして、ゴウエン氏が犯罪奴隷部隊ムラサキと共に碧領《へきりょう》へと出発した事を教えてくれた。奥さんと娘さん達は安全の為《ため》、しばらく離宮での生活を継続するらしい。

そんな話をしながら、ヒカルと一緒に秘密基地へと向かった。

「今度、天ちゃんを呼んでもいい？」

天ちゃん——天竜か。

「構わないけど、本体じゃなくてアバターの方で頼むよ」

「あはは、それはもちろんだよ。本体で来たらこの辺の木が全部折れちゃって大変だもん」

天竜は大きいからね。

泉の畔《ほとり》を歩いてシズカの家に向かう。

「ヒカルは白竜の生息地を知らないか？」

「白竜？　白い成竜なら勇者時代にサガ帝国の北で見かけたよ。竜の谷にもいっぱいいたし、探せば他にもいるんじゃないかな？」

残念。白竜ってだけじゃ特定できないか。

話している内に到着したので、ヒカルが呼び鈴を鳴らす。

どたばたと足音がして扉が内側から押し開かれた。

「ヒカル！　見て！　新作よ！」

いつもよりトーンの高い弾んだ声と共に、オレの眼前に裸の男性同士が絡む原稿がアップになった。

うん、ＢＬってやつだね。

「シズカ、ダメ！」

「——え？　うわっ、サトゥーさん⁈」

原稿を突き出した相手がオレだと気付いたシズカが、慌てて原稿を身体《からだ》の後ろに隠した。

今さらな気がするが、それよりも――。

「シズカ、隠して！　イチロー兄ぃも顔を――背けてるね。さすが」

無防備な下着姿で飛び出して来ていたシズカが慌ててぐるぐる回るのを空間把握スキルが伝えてくれる。

「粗末なモノを見せてごめんなさいこれは違うの原稿を描《か》いててソロ活動に勤《いそ》しんでたんじゃなくて着替えるのが面倒になっただけで服を着ていないのを忘れていたんですごめんなさい誤解しないでくださいキャラが裸だと描いている自分も裸になっちゃうっていうあれであれ何言ってるんだろうとにかく誤解なんです」

シズカが早口で弁解する。

うん、聞き取りにくいから息継ぎくらいはしよう。

「シズカ、弁明はいいから。先に服を着て。あー、また食事もしないで原稿してたでしょ」

「ちゃんと食べてるよ。保存食だけど、ワン太にはちゃんとご飯あげてるもん」

ヒカルと話しているとシズカが若干子供っぽい口調になっている。

玄関先で二人の仲の良い会話を聞き流しつつ、シズカが着替え終わるのを待っていると、とことこと子犬が現れてオレの手を舐《な》めた。毛が長めのチワワっぽい犬種だ。

手に頭を擦《こす》りつける子犬の毛をブラシで梳《と》かして待っていると、家の中で片付けが始まる音がした。

「手伝おうか？」

「大丈夫！　大丈夫だから、待ってて！」

「あははー、乙女のプライドの為にも、イチロー兄ぃはもうちょっと外で待ってて」

汚部屋を片付けるのは得意だし、オレの知るヒカルの部屋はわりと散らかっていた記憶がある。

まあ、いいか。ワン太という名の子犬とボール遊びをしていれば時間なんてすぐに経《た》つ。

片付けの終わった部屋で、ヒカルとシズカに夕食をご馳走《ちそう》し、ワン太君にも子犬用のフードを作ってやった。

帰りにはアリサへのお土産という同人誌を預かったが「絶対に、開けないでください。約束ですよ！」と指切りまでさせられてしまった。心配しなくても覗《のぞ》き見《み》をする趣味はない。

要塞都市アーカティアに戻ってからアリサにお土産の事を遠話《テレフォン》で伝えたら、「早く読みたい！」と騒いだので「物質転送《マテリアル・トランスファー》」の魔法で配達しておいてやった。

なお、教育に悪いからポチ、タマ、ナナの近くでは読まないように、リザとミーアからアリサに申し入れがあったそうだ。趣味は自由だけど、子供達にはまだ早いのかもね。

新製品

〝サトゥーです。ゲーム開発に限らず、最初の企画書から完成品までに変わる事はよくあります。お偉いさんの思いつきで変わる事もありますが、大抵は川の流れで研磨される丸石のように、より素晴らしい形に磨かれていくのです。〟


「サトゥーさん、お茶です」

勇者屋の奥で魔法薬の調合をしていると、ロロが井戸水で冷やした香草茶を持ってきてくれた。

「ありがとう、ロロ。悪いけど、七人分ほど追加してくれないか？」

オレの言葉と同時に、バタンと店のドアが開いた。

「ただいまー！」

「たらま〜」

「たらりまなのです！」

アリサを始めとした仲間達が元気な声と共に入ってくる。

「ご主人様なのです！」

「みっけ〜」

ポチとタマが縮地もかくやという速さでオレの顔に抱き着いてきた。

ぴたんぴたんと飛んできた二人を優しく受け止める。

>「軟気功」スキルを得た。

受け流しスキルを意識していたんだけど、ほとんど動かずに受け止めたせいか新しいスキルをゲットできてしまった。「軟功」スキルじゃないのが少し気になるけど、細かい事はいいか。面白そうだからスキルにポイントを割り振って有効化《アクティベート》しておこう。

「ごしゅごしゅ～」

「ゴシュジニウム充填《じゅうてん》中なのです」

タマとポチがぐりぐりと頭を擦りつけてくる。いつもより激しい。

寂しい思いをしたのはオレだけじゃなかったようだ。

「サトゥー」

トタトタと歩み寄ってきたミーアがオレの手を取って、にへっと微笑《ほほえ》む。

「マスター成分の補充に参戦すると告げます」

ナナが後ろからビタッと抱き着く。白銀鎧《よろい》を着たままなので突起部分が当たってちょっと痛い。

魔力鎧スキルでピンポイント防御しておこう。

「後で魔力補充をリクエストしたいと懇願します」

「いいとも」

無表情のまま上目遣いで甘えるナナの願いを快諾する。

「あはは、わたしもゴシュジニウムを補充しよう～っと」

「それじゃ、私も」

アリサが笑顔で抱き着き、ルルが控えめに寄り添った。

今日は皆《みんな》、甘えん坊な感じだ。リザはおすまし顔で控えていたが、尻尾《しっぽ》が落ち着かない動きをしていたので、空いている手を広げて「おいで」と言って招き寄せる。

「仲良しさんですね」

ロロは驚きながらも微笑む。

「ロロ、一緒～」

「ロロ、仲良し」

「ロロ、好き」

ハムっ子達も仲間達に触発されたのか、ロロの足に抱き着いていた。

◆

「『城』はどんな感じだった？」

仲間達が満足したところで、皆の話に耳を傾ける。

ロロは店番に出ており、ナナに捕まった末っ子ハム以外はロロの傍《そば》にいる。

「そうね～、端的に言うと獲物の取り合いが激しかったわ」

「そうなのか？」

「あい」

タマが棒飴《ぼうあめ》をれろれろと舐めながら難しい顔で頷《うなず》いた。

「でも、タマはちゃんと獲物を捕まえてきてくれるのですよ！」

「あはは、やりすぎて周りのパーティーから『お願いだから別の場所でやってくれ』って泣きが入ったもんね」

「にゅ～」

タマがテーブルの上でぺちゃっとなった。

魔物の取り合いに熱中するあまり、手加減を忘れてしまったのだろう。

「『城』の周辺はかなり獲物が多かった気がするんだけど……」

「無印のタウロスとか、面子豚《ビッグポグ》とかが取り合いの対象なのよ。リーダー率いる小集団とか徘徊《はいかい》するチャンピオンに遭遇した時に逃げやすい場所だとなお取り合いが激しいわ。外で小集団を積極的に狩ってるのはティガーさん達ともう一つの金獅子《きんじし》級の人達だけね」

「砦《とりで》を拠点にしてるんじゃないのか？」

「それは複数の小集団とかライダーの群れを狩る時ね。実力に自信のない冒険者は三匹くらいまでの雑魚い魔物を移動狩りする感じみたい。そうしないと獲物が足りないんじゃないかしら」

なるほど、ＭＭＯ―ＲＰＧの狩り場みたいになっているのか。

「積極的に強者《つわもの》と戦う冒険者は、死霊術士が使役するアンデッド・タウロスや土魔法使いが操るゴーレムを盾役にしていたと報告します」

「大きな古陸獣を使役するテイマーの人もいましたね」

なるほど、消耗してもいい盾役がいるパーティーだけが、正面からタウロスの集団と戦うようだ。

「そのような感じでしたので、私達は人の少ない場所で小集団やライダーの群れを探して狩り回っていました」

「ライダーは塹壕《ざんごう》や岩の馬防柵《ばぼうさく》を使って戦うのだと告げます」

「ん、ゲノーモス、有能」

なるほど、ミーアの土精霊に塹壕を掘らせて、そこで足止めしたタウロス・ライダーや騎獣のラプトル型古陸獣を狩る訳か。

「らぷとるの肉は鳥肉のようでとても美味でした。お土産にたくさん持って帰ってきていますから、後でご賞味ください」

「ありがとう、リザ」

表情を見る限りリザのお気に入りみたいだし、腕によりを掛けて調理しよう。

「面子豚はとってもじゅうし～？」

「脂が多くて少しくどいと告げます」

「面子豚の脂はとっても甘くて美味なのですよ？」

「味は否定しないと告げます」

なるほど、面子豚は脂肪分が豊富なんだね。

「瘴気《しょうき》、面倒」

「確かに瘴気を抜くのに時間が掛かりましたね」

「イエス・ルル。戦闘後に行う聖碑への魔力補充が重労働だったと告白します」

ナナが無表情のままげんなりした雰囲気を纏《まと》う。

面子豚は全般的に瘴気が濃いらしく、タウロス達は上位種ほど瘴気が濃く肉が硬いそうだ。

「チャンピオンのスジ肉はリザさんにしか無理だったわ」

「歯ごたえ抜群で、実に美味でした」

「にゅ～」

「ポチにはちょっとてわごかったのです」

「味はいいから、今度圧力鍋《あつりょくなべ》でとろとろになるまで煮てみますね」

ルルがそう言って、悔しそうなタマとポチの頭を撫《な》でる。

「まあ、そんな感じで乱獲しすぎて『城』のフィールド・エリアが過疎化してきたから、次の遠征は城下町を狙《ねら》うわ」

「獅子人のベテランが言っていたみたいに、内壁の傍には近寄るんじゃないよ?」

「わーってるってば。わたし達がスタンピードの引き金になる訳にはいかないもんね」

アリサ達ならキャプテン率いる精鋭部隊と正面から戦っても勝てそうだし、空間魔法の「迷路《ラビリンス》」や「転移」で撒《ま》けそうだけど、無駄にリスクを取る必要はない。

「もしスタンピードが始まったら、自分達で解決しようとせずに、オレか周りを頼るんだよ？」

「うん、そうする」

意地を張ったら危ないので、そう釘《くぎ》をさしておく。

集光レーザーや爆裂《エクスプロージョン》の魔法を連打すれば、スタンピードだって始末できるしね。

「装飾品」

「ああ、そうだったわ」

ミーアに促されてアリサが、戦利品用の「魔法の鞄《マジック・バッグ》」から装飾品をドサドサと取り出した。

どれもごつくて重量のある金属製品や骨製品だ。人間の頭蓋骨《ずがいこつ》っぽいものも使われているようだ。

「ライダーの指揮官や城近くのリーダーが装備してたわ。呪《のろ》われた品っぽいから、どんな性能かは調べてないわよ」

「瘴気が濃いだけで、呪われているのはこの頭蓋骨付きのだけだね」

ＡＲ表示される詳細情報によると、装備者にヒューマンスレイヤーという対人特攻が付くみたいだ。人族や獣人が装備すると呪われて衰弱状態になる感じだろうか？

「他《ほか》のは金属素材や宝石としての価値くらいかな？」

大柄な獣人でも装備するのは重いだろうし、何よりセンスが合う者を探すのが大変そうだ。

「ティガーさん達の話だと、ギルドに持って行ったら報奨金がでるらしいわ」

「冒険者証の昇格にも影響するかもね」

この要塞《ようさい》都市アーカティアでも、迷宮都市セリビーラと同様に魔核《コア》は強制買い取りだったらしい。

魔核は重要な戦略物資だし、それは仕方ないだろう。

「ティガー殿によると、タウロスは角や皮が高値で売れるそうです。肉も売れるとの事でしたが、『魔法の鞄』に入りきらないから大半は砦で消費するか焼却するのだと言っていました」

「わたし達も狩りすぎて『魔法の鞄』に入りきらなくなったもんね。わたしの『格納庫《ガレージ》』で運んだけど、内部空間を広げすぎたから常時消費魔力が多くて、ちょっちきついわ」

アリサの「格納庫」は小型飛空艇が余裕で収納できるのに、そんな事を言うのは珍しい。

そんなにたくさんあるんだろうか？

「ミーアの氷精霊で冷凍してなかったら、持って帰る前に肉も傷んでいたかもしれないしね」

「氷精霊？」

「ん、フラウ」

興味があるのでミーアに「今度、見せて」と頼んだ。

「それじゃ、回収するよ」

中庭に出て、アリサの「格納庫」に「理力の手《マジック・ハンド》」を伸ばして冷凍保存されたタウロスなどの死骸《しがい》を回収する。

タウロスだけで数百匹、全部合わせて一〇〇〇匹以上の数なので、消費するのが大変そうだ。まあ、タウロスは牛肉系の味だし、使い道には困らないだろう。ビーフジャーキーも量産できそうだね。

「こんな短期間でレベルも上がったし、『城』は良い狩り場ね！」

「むぅ、追いつかない」

不本意そうなミーアの頭をポンポンと叩《たた》いて抱き寄せる。

全員が一レベルアップしたけど、ミーアだけは必要経験値が多くて、他の子達より一レベル低いままだ。経験値ゲージの伸びを見る限りだと、ミーアがレベルアップしてレベル五七に上がる前に、他の子達が二レベル上がってレベル五九になってしまいそうだ。

城の内壁内側でレベル上げする訳にもいかないし、どこかレベル調整できそうな場所を探さないとね。

そんな事を考えていると、ぐきゅるるるとポチとタマのお腹《なか》が鳴った。

「にへへ〜」

「お肉を見てたらお腹が減ってきたのです」

「ちょっと早いけど、無事の帰還とレベルアップを祝って宴会を始めようか」

オレの提案は仲間達全員の歓声で認められ、ロロやハムっ子達も呼んで盛大な宴《うたげ》を開いた。

料理はあらかじめ用意してあったので、場所の準備を整えるだけで完了だ。勇者屋には広い食堂がないので、中庭に大きなシートを敷いて準備した。

「はぐはぐはぐ〜」

「やっぱりご主人様のハンバーグは最強なのです！」

「タウロスのスジ肉も美味ですが、ご主人様の焼き鳥には敵《かな》いません」

獣娘達が肉料理に舌鼓を打つ。

「ロロさん、お味はどうですか？」

「どれも美味《おい》しいですけど、一番はハンバーグです！　アーカティアでは肉料理は珍しくありませんけど、このハンバーグっていう料理は初めてです。屑《くず》肉の団子とはぜんぜん旨《うま》みが違ってびっくりしました！」

「これは挽肉《ひきにく》機でミンチにした二種類の肉を使っているんです。ドワーフの里で作られた挽肉機を使うとミンチがなめらかになるんですよ」

「そうなんですか！　やっぱりドワーフさん達って凄《すご》いんですね」

ルルとロロが仲良く料理談義をしている。

「幼生体も野菜ばかりではなく、遠慮せずに肉を食べる事を推奨します」

コリコリと付け合わせのスティック野菜を囓《かじ》っていたハムっ子達に、ナナが肉料理を勧めた。

ナナがハムっ子達の口元に肉を差し出すと、ふるふると首を振って嫌がる。

「野菜、好き」

「野菜、美味しい」

「肉、嫌い」

「タンパク質が身体《からだ》を作るのですと情報を開示します」

なおも肉を勧めるナナをミーアが止めた。

「無理強い、ダメ」

「イエス・ミーア。反省します」

ハムっ子達の顔を見たナナがしょぼんとして肉を引っ込めた。

「大丈夫なのです。肉はちゃんとポチが食べてあげるのですよ」

「タマも手伝う～？」

ナナが箸《はし》で摘《つ》まんだままの肉に、ポチとタマがぱくりと喰《く》い付いた。

むぐむぐと食べる二人をリザが回収する。

「豆」

「そうね。豆は畑のお肉って言うしね」

「グッドアイデアだと評価します。幼生体は豆も食べるべきと助言します」

「豆？」

「豆、食べる」

「豆、好き」

スティック野菜を食べ終えたハムっ子達が、ナナの差し出す大きな豆を両手で掴《つか》んでちびちびと囓りだした。気に入ったのか、口の中に幾つも入れて頰嚢《ほおぶくろ》を満杯にしてからモシャモシャと食べ始める。

「気に入ったみたいですね」

「イエス・ロロ。子供達にはタンパク質が必要だと告げます」

ナナが安心した顔で、自分の食事を再開する。

その目はハムっ子達に固定され、末っ子ハムが喉《のど》を詰まらせたのを見た瞬間、電光石火の早業で水を与えていた。

「狩り場では肉ばっかりで飽きたんじゃないか？　野菜料理もいっぱいあるから遠慮なく食べるんだよ」

獣娘達は放置すると肉しか食べないので、野菜も勧めておく。

「あい」

「大丈夫なのです！　ご主人様のお肉は別腹なのですよ！」

ポチがハンバーグ片手に満面の笑みだ。

「ごめんなさい、しばらく凝った料理を作ってなかったから……」

「ルルも毎日の激戦で疲れてたんだから、簡単な料理になっても仕方ないよ」

しょんぼりするルルを慰める。

「あはは、違うわよ。ご主人様から相談されたって言って、ここしばらくは保存食作りに注力してたのよね？」

「……ごめんなさい」

ルルがさらに肩身が狭そうにする。

「謝罪の必要はありませんよ、ルル。食事の用意があなただけの役目という訳ではありません。それは皆も分かっているはず」

リザが言うと、仲間達がこくりと頷いた。

「それよりも、研究の成果をご主人様にお見せなさい」

「はい、リザさん！」

ルルが妖精鞄《ようせいかばん》から取り出した五種類の保存食をオレに差し出した。

保存食は茶色や黒が多く、一つだけ黄色いのがある。

「ど、どうぞ！　ご主人様！」

「それじゃ、いただくね」

保存食を受け取り一口ずつ囓っていく。

「どれも、美味しいね」

ちゃんとアーカティア周辺で取れる素材で作ってある。「皆《みんな》は食べたのかい？」と尋ねるとこくこくと頷いたので、ロロやハムっ子達にも勧めてみた。

「ピリムの味、美味しい」

「ポラリの味、美味しい」

「果物の味、美味しい」

ハムっ子達は果肉を味付けに使った黄色い保存食だけをコリコリと囓る。

黄色い保存食は全《すべ》てハムっ子達が独占してしまったので、ロロは残りの四個を試食した。

「どれもお肉の味ですね。黒いのは凄く美味しいですけど、これってタウロスの肉ですよね？　銀《ぎん》虎《こ》級以上の人しか買えないかも。こっちの面子豚のも美味しいです。この焦げ茶色のは古陸獣の肉だと思うんですけど、どうやって臭みを消しているのか気になります。最後の茶色のは面子豚っぽい味がしてますけど、食感は蟻《あり》肉っぽいんですよね。これはけっこうお安く作れそう、かな？」

ロロは味の評価に加え、勇者屋で販売する時の事まで考えているようだ。

コスト的には後半二つが良さそうだけど、味付けは前半二つも捨てがたい。

オレが作った芋と肉を捏《こ》ねた保存食と合わせて改良しよう。

「後は乾燥野菜ですね。『魔芽花椰菜《イビル・ブロッコリー》』や『魔花椰菜《イビル・カリフラワー》』を乾燥させたのをブロック状に固めてみました。これをスープに投入すればビタミン不足もバッチリで――」

ルルが乾燥野菜のブロックをテーブルに置くと、ハムっ子達が怒濤《どとう》の勢いで身を乗り出してブロックに齧り付いた。三方からカリコリと必死で齧り付く。

そういえば迷宮のお土産にブロッコリーをプレゼントした時も、凄い勢いで齧り付いていたっけ。

「幼生体、次の遠征では必ず『魔芽花椰菜』や『魔花椰菜』を狩ってくると確約します」

「ナナ、嬉《うれ》しい」

「ナナ、期待」

「ナナ、好き」

乾燥野菜ブロックを食べ終わったハムっ子達が、ナナに頭を擦《こす》りつけて甘えた。

「現金な子達ね」

「そこも可愛《かわい》いのだと告げます」

呆《あき》れ顔《がお》のアリサに、ナナが真顔で頷いた。

◆

「ご主人様、あのタウロスの頭蓋骨《ずがいこつ》を看板に飾っている店が、金獅子《きんじし》級冒険者から紹介された武具屋です」

仲間達の帰還とレベルアップを祝う大宴会の翌日、オレはリザと二人で冒険者ギルド近くの武器屋通りへと来ていた。

「なかなか立派な店構えだね」

熱帯の気候ゆえか、扉のないオープンな店が多い。

看板娘というオプションはないのか、どの店も呼び込みはごっついおっさん獣人ばかりだ。

不思議な事に、金属製の武器よりも骨や角を加工した武器が多い。

「客が来たぜ、トッパ」

「客が来たようだな、タッポ」

オレ達を出迎えたのは、牛っぽい頭蓋骨を被《かぶ》ったドワーフ達だ。

骨のアクセサリーをじゃらじゃらと着けている。

「よう、うちは一見《いちげん》の客には売らないんだ」

「そうさ、うちは一見の客は相手にしないんだぜ」

「ティガー殿の紹介です」

リザがそう言って手紙を二人に渡した。

「驚いた、本当にティガーからだぜ」

「仰天だ、まさかティガーが紹介するなんてよ」

二人は視線を手紙とリザの顔の間で何度も往復させた。

「まあ、仕方ねぇ。好きに見ろ」

「ああ、仕方ない。欲しい武器を探せ」

タッポと呼ばれたドワーフが椅子《いす》に腰掛け、もう一人が奥の工房へと消えた。

「ここには金属製の武器があるんですね」

「そうさ、金属製の武器しか使わないってぇ頭の固い奴《やつ》がいるからな」

カウンターの後ろに飾られているミスリル合金製の長剣一本を除けば全部鉄製品だ。とはいっても金属製武器は全体の一割程度で、それ以外は全て骨や角を素材にした武器ばかりだ。

「こっちの白い武器は死霊術で加工しているんですか？」

「大体そうだ。死霊術で加工するのを覚えたら、工具を使った加工なんて面倒でやってられねぇよ」

「ほとんどな。手作業で作ったのは安物も多いが、中には下手な死霊術を使うより頑丈な物《もん》もあるぜ」

奥に行ったドワーフが戻ってきて話に加わった。

説明を聞きながら武器を見回す。ほとんどの骨武器は鋼製品以下の性能だし、ミスリル合金製の品を超える物なんて一つもない。

「ミスリルなんかの金属製の方が頑丈じゃありませんか？」

「そんな物《もん》、俺らの里でもなきゃ加工できるかよ」

「ミスリルは、俺らの里じゃなきゃ加工できないんだぜ」

そういえばドワーフ自治領のボルエハルトでも、ミスリルを加工できるのは地下に秘匿された専用炉だけだったっけ。

「物によっちゃあ骨より鋼の方が頑丈だがな」

「大抵は鋼の方が切れ味がいいんだぜ」

「それなら、どうして角製品や骨製品が多いんでしょう？」

気になったので尋ねてみた。

「ここは湿気が多いから剣が錆《さ》びやすいのさ」

なるほど、高温多湿の熱帯ならではの問題か。

「錆び蔦《ラスト・アイビー》みたいに体液が錆《さび》の原因になる魔物もいるんだぜ」

「だから、手入れが甘いと金属製の剣はすぐダメになっちまうのさ」

錆び蔦はオレ達が倒した中にもいたけど、基本的に魔刃で武器を保護しているので、問題の体液がどの程度厄介なのかはよく分からない。

「まあ、それだけじゃないがな」

「ああ、それだけじゃないんだぜ」

「——というと？」

「この近くに鉄の鉱脈がないんだ」

「材料を迷宮の外から運ぶのは高く付くのさ」

なるほど、それなら金属製の武器がやたらと高いのも納得だ。

「骨や角なら材料に困らないしな」

「冒険者も素材持ち込みで来るんだぜ」

なんとなくモンスターを狩って得た素材で武器を強化していく家庭用ゲームを思い出した。

「魔法の武器はないんですか？」

「あるぞ、奥に」

「奥にあるんだぜ」

見せてほしいと頼むと、案外あっさりと奥へ通してくれた。

ティガー氏の紹介状のお陰だろう。

「半分以上は『城』や『鬼人街』で魔物が落とした品だ」

「呪《のろ》われた品が多いですね」

「そりゃ仕方がないな。死霊魔法は瘴気《しょうき》が濃い方が効きがいい」

「それは仕方がない。呪いが発現しやすくなるのは必然なんだぜ」

なるほど、死霊魔法にそんな条件があったとは知らなかった。

前に魔王信奉集団「自由の翼」から回収した呪怨瓶《じゅおんびん》や邪念壷《カオス・ジャー》に入っている瘴気を使えば、魔王「黄金の猪王」が落とした柳葉刀並みの武器が作れそうだ。まあ、その系統なら、猪王が肋骨《ろっこつ》から作った黒炎骨刀がストレージに眠っているけどさ。

「これは魔法の槍《やり》ですね」

「そいつぁ逸品だ。鬼人街の宝物殿で発見された奴なんだぜ」

大きめの氷石《こおりいし》と小さな闇石《やみいし》が嵌《は》まっている魔法の槍だ。銘は「氷奪骨槍《そう》」というらしい。

魔力を流すと氷雪を纏《まと》うタイプの槍だろう。闇石は熱を吸収する為《ため》に付けてあるのかな？

タウロスの角がベース素材のようだ。ちょっと重い。

「これはお幾らですか？」

「銅貨二〇〇本ってところだな」

「銅貨二万枚が妥当なんだぜ」

シガ王国の銅貨より小さめだから、金貨一八〇枚ってところかな？

まあ、妥当な感じか？

「そこまで銅貨を持っていないので、宝石か貴金属のインゴットで構いませんか？」

「もちろん、構わねぇぜ」

「ああ、そっちの方が歓迎だ」

オレはストレージ内で事前に準備していた宝石をテーブルの上に並べる。

どれも金貨一〇枚くらいの奴だ。

「おお！　これは凄《すご》いんだぜ！」

「このルビーなんて、でっかくて一つでも銅貨三万枚はするんだぜ」

「この鋼はとんでもねぇ上質な奴だぞ！　銅貨一万枚、いや、二万枚は行っちまうぞ」

思った以上に高評価だ。

ルビーは「石製構造物《ストーン・オブジェクト》」の魔法で屑《くず》ルビーを固め直した人造宝石だし、鋼の方も盗賊や海賊の没収品を「火炎炉《フォージ》」の魔法でインゴットに戻した奴だ。後者はちょっと打ち直して炭素濃度を調整したけど、大した手間は掛かってない。

ドワーフ達はインゴットにするか宝石にするかでしばし揉《も》めた後、インゴットを選んだ。

氷奪骨槍をリザに渡す。解析や性能比較が終わったら、リザのコレクションに入れてもらおう。

――おや？

入った時には気付かなかったけど、骨武器が無造作に突っ込まれた樽《たる》があった。

値段は樽に書いてある。耐久性の少ないモノだと銅貨五枚から買えるようだ。

「それは下取り品や駆け出し死霊術士の作品なんだぜ」

樽を覗《のぞ》き込むオレに、ドワーフがどういう品か説明してくれた。

「ずいぶん安いですね」

「骨武器は死霊術士にしか修理できねぇからな。紐《ひも》で括《くく》って応急処置しただけの骨武器なんて、数回殴ったら壊れちまう。研ぐ事はできるが、金属武器とは比較にならない速さで脆《もろ》くなるからお薦めしないんだぜ」

安物の骨武器は基本的に使い捨てらしい。

オレはドワーフにまた来ると告げて勇者屋へと戻った。

◆

「勇者屋の新規商品に骨装備を置こう」

仲間達が再び迷宮に出発した次の日、オレは試作品の武器や防具を並べてロロに切り出した。

「骨装備をですか？　装備品の事はよく分かりませんけど、けっこう良い作りですね」

骨の胸当てや骨の兜《かぶと》をチェックしていたロロが、一本だけ別にしていた片刃の大剣に気付いた。

「――この大剣、何か他《ほか》と違いませんか？」

「分かるかい？　それは魔法の武器だよ」

リザと買った氷奪骨槍のデチューン品を作ろうとして、やらかしてしまった品だ。

タウロス・チャンピオンの角を使ったのがまずかったのか、興が乗って魔力を注ぎすぎたのが悪かったのか、はたまた氷石の代わりに上位素材の氷晶珠を使ったのが悪かったのか……。

思い返してみたら、やらかして当然だったかもしれない。反省せねば。

「魔法の武器ですか?!　そんな凄い品物をうちなんかに置いても売れませんよ！」

「大丈夫だよ。これはカウンターの奥に飾って、見せ武器――駆け出し冒険者達が目標にするような武器にしようと思うんだ」

いつかあの武器を使えるようになる、ってゲームでもモチベーションの一つとしてメジャーだしね。

性能的には特殊能力込みでも仲間達に与えている武器よりは二ランク以上劣るし、シガ王国で「英傑の剣」としてもてはやされている後期型の鋳造魔剣より一ランク上程度なので、それほど問題は起きないだろう。強盗対策に警備用のゴーレムも置くしね。

ロロと話していると、お客さんが入ってきた。

「こんにちはー！」

「こんにちは、ティアさん」

入店したのは自称「大魔女の弟子」ティアさんと狼人《おおかみ》っぽいフェンの二人だ。

フェンは何も言わず、入り口横の壁にもたれかかってロロを見る。

「ロロ、知り合いかい？」

「いいえ。ティアさんの護衛の人ですよ。きっと」

ロロに耳打ちするとそんな答えが返ってきた。

フェンがロロの知り合いという訳ではないようだ。

「フェンさんの事は気にしないでください。特に害はありませんから」

ティアさんが肩を竦《すく》める。

その言い方が気に入らなかったのか、険しい目をしたフェンがカウンターで話すティアさんの横にやってきた。

「うわっ、びっくりした。怒ったんですか、フェンさん？」

「違う。この武器――触っていいか？」

オレが首肯するとフェンは、やらかし大剣を手に取って魔力を流した。

刃の周囲の空気が凍り、離れていても分かるくらい気温が下がる。

「凄い魔剣ですね。『城』あたりで出たんですか——って、ヘパイストス？　私に作成者名が分かるって事は……。迷宮の宝箱から出たんじゃなくて、誰《だれ》かが作った品なんですか？」

ティアさんが鑑定結果に驚き、カウンター越しにオレに掴《つか》みかかってきた。小ぶりな胸を押しつけて来るのはやめてください。

「ええ、知り合いの魔剣鍛冶師《かじ》の方に譲っていただいた品です」

もちろん、本当の知り合いではなく、オレの偽名の一つだ。

ヘパイストスの出自を聞くティアさんに、シガ王国にいた頃《ころ》に出会った知り合いです、とカバーストーリーを答えた。

「ティア、支払いを頼む」

「え、ちょっとフェンさん？」

フェンは大剣を握って重さを確かめると、支払いをティアさんに任せて出て行ってしまった。

値段どころか売り物とも言っていないのだが、彼ならあの大剣を持っていてもそれほど問題にならないだろうし、我を忘れるほど気に入ってくれたようだし、まあいいか。

「あ、あの、お値段はいかほど」

「銅貨一〇〇〇本です」

「一〇〇〇本っ！」

ティアさんとロロが口を揃《そろ》えて驚いた。

「う、嘘《うそ》ですよね？」

「ええ、冗談です。三〇〇本くらいでいいですよ」

「た、高っ」

「そうですか？　今なら返品も受け付けますよ」

リザに買った氷奪骨槍の値段と比較しても、丁度良い値付けだと思うんだけど。

「ううっ、あの様子だと無理っぽいですね。分かりました。明日にでも届けさせます」

ティアさんはロロの勧めた椅子《いす》に腰掛けた後、徹夜明けのサラリーマンみたいにカウンターにうなだれた。

「ティアさん、元気出してください」

ロロが新製品の果実水をティアさんに提供する。

「美味《おい》しっ！　なんですか、これ？」

「魔法薬の一種ですよ。栄養補給剤みたいな感じですね」

市場で買った果物の中には魔法薬の素材になるモノがけっこうある事に気付いたので、エチゴヤ商会で販売する栄養補給剤のアーカティア版みたいのを作ってみたのだ。スタミナ増強系の素材が安価なので、シガ王国で売っている物よりはかなり安価で作れる。

「渡したレシピにこんなのは載ってなかったわよね？」

「ええ、レシピはありませんでしたけど、素材の説明を見ていたら使えそうだったので作ってみました」

「作った？　こんな短期間で？」

　ティアさんは空っぽのカップを握りしめて驚きの声を上げた。

「あなた……本当に何者なの？」

「勇者屋の従業員で、ロロの縁者、ですかね？」

　そんな疑惑の目で見られても困ってしまう。

「ティアさん、お代わりはいかがですか？」

「いただくわ」

　ロロが果実水を注ぐと、ティアさんは厭《いや》な事があったサラリーマンが自棄酒《やけざけ》を呷《あお》るように一気に飲み干した。

「これっていくらなの？」

「一杯あたり、銅貨五枚くらいにしようかと」

「安すぎる！　せめて銅貨二〇枚にして」

「競合店への配慮ですか？」

「それもあるけど、安すぎて中毒になる馬鹿《ばか》が出そうだから」

　ああ、その心配もあるか。会社勤めの頃はドリンク剤を規定量以上に飲みすぎて、かえって体調を崩すヤツもいた。

「分かりました。その値段で調整します」

高いと勇者屋の常連には手を出しづらいだろうし、もっと薄めたヤツを銅貨五枚、今のを銅貨二〇枚くらいにするとしよう。

「当たり前だけど、レシピはやっぱり秘匿するわよね？」

「レシピはそのうち公開しますから、それまでは勇者屋でご購入ください」

「分かったわ。期待してる」

ティアさんが伸びをして気持ちを切り替えた後、ロロに魔法薬を大量発注してくれた。もちろん、新製品の果実水も樽でのご注文だ。持ち帰りで一升瓶サイズの大瓶を選ぶくらいだし、果実水を相当気に入ってくれたらしい。

雑談の時にティアさんから貰《もら》ったレシピ集は全《すべ》てマスターしたと話したら、新しいレシピ集や素材の説明が書かれた資料が買える場所を教えてくれたので、次の買い出しの時にでも買ってこようと思う。

◆

ティアさんの依頼を受けてから五日後、依頼を果たしたオレはロロと二人で素材の買い出しに来ていた。

「大きなあくび」

ロロが笑顔で指摘する。

寝不足なので、やけにあくびが出る。

「期限まではまだまだ時間があったのに、根を詰めすぎたんじゃないですか？」

「そんな事ないよ、大丈夫だ」

寝不足の原因は依頼のせいではなく、完成したばかりの神石回路版「キャッスル」機能を、ナナの黄金鎧《よろい》に組み込もうと四苦八苦していたからだし。

重量が増えてしまったので、緊急回避用のバーニアなんかも付けてみようかな？

なんて考えつつ、メニュー内にＡＲ表示されるメモ帳に視線を走らせながら、隣を歩くロロに確認する。

「これで買い出しは全部かな？」

「はい、サトゥーさん」

ロロがルルにも負けない美少女顔で首肯した。

城どころか大陸でも傾けそうな美貌《びぼう》だが、今いる要塞《ようさい》都市アーカティアには人族がほとんど在住していないので、共感を得る事は難しい。

まあ、人族が多かったとしても、シガ王国と美醜の感覚は一緒みたいなので、ルルと同じように罵倒《ばとう》の対象になるのだろうから、ロロにとっては人族に関心を持たない別種族の中で生きる方がいいのかもしれない。

「この罰当たりめが！」

突然の罵声に驚いてしまったが、オレに向けられたモノではないようだ。

「サトゥーさん、あそこです」

袖《そで》をくいくいと引っ張るロロの指し示す方を見ると、死霊術士らしき男達と鼠人の司祭を筆頭にした神官達が何やら口論している。

そういえば神官を久々に見た。なぜか、要塞都市アーカティアには神殿がないんだよね。

「死者を弄《もてあそ》ぶ穢《けが》らわしき死霊術士が！」

「なんだと?! 我ら死霊術士は生前に契約を結んだ者しかスケルトンにはせぬ！」

「ふん！ 契約だとぉ？ 死後も安寧を得られぬ隷属を強いるなど、許される事ではないわ！」

「お前の許しなどいるものか！ 死後の自分の働きで、残された者にわずかなりとも生活の糧を与えたいという貧者の願いすら否定するのか！」

「貧者につけ込む邪教徒が！」

司祭と死霊術士がどんどんヒートアップしていく。

「今、この悪霊使いネクロマンサーから解放してやるぞ！ ■――」

「やめろ！」

詠唱を始めた司祭の横顔に、子供が投げた泥のようなモノが命中した。

ここ何日か雨は降っていないし、走竜のフンか何かだろう。

「何をする！」

「おいらの父ちゃんを二度も殺すな！ 父ちゃんが死んでからも働いてくれているお陰で、病気の母ちゃんや妹をなんとか食べさせてやれているんだ！」

「そうだそうだ！　死霊術士が操るスケルトンが汚れ仕事をしてくれるお陰で、俺達の街が成り立ってるんだぞ！」

「死霊術士がいなかったら、骨や牙《きば》を武器にするのも一苦労だしな」

「この辺りじゃ鉄が採掘できないから、きっと武器が馬鹿高くなってたぜ」

子供を援護するように、周りの市民や冒険者達から死霊術士を擁護する声が上がる。

「ぐぬぬ、なんという事だ。ここまで死霊術士の魔の手が広がっておるとは」

司祭が憤懣《ふんまん》やるかたないといった表情で唸《うな》る。

「こうなっては是非もない。祖国の神殿長に掛け合って、聖戦の――」

「モロク殿！　こんな所にいらしたんですね！」

不穏な事を呟《つぶや》き始めた司祭の前に、ローブ姿の女性が割って入った。

「――ティアさん？　サトゥーさん、あれティアさんです」

ロロが言うように、ローブ姿の女性は大魔女――の弟子を自称するティアさんだった。

ティアさんはそつなく周囲の人々を宥め、司祭を言いくるめて大魔女の塔へと彼らを連れて行った。さすがだね。

◆

「ただいま～」

「ロロ、おかえり」

「ロロ、寂しかった」

「ロロ、お土産ある？」

勇者屋の扉を開くと、中からハムっ子達が転げそうな勢いで飛び出てきた。

末っ子ハムはそのまま転がってロロに受け止められている。

抱えていた紙袋を店のカウンターに置き、商店街の買い物中に貰った半端物の枝キュウリを紙袋から取り出す。

枝キュウリはその名前の通り、枝のように細いキュウリで柳のような木にぶら下がるように生《な》る迷宮植物らしい。

「マレター、きゅうり」

「マレター、ちょうだい」

「マレター、早く」

さっきまでロロに甘えていたハムっ子達が、あっという間に集まってきて、キラキラした目でオレを見上げる。あいかわらず現金な子達だ。ナナに言わせると、そこが可愛《かわい》いらしいけど。

ハムっ子達がオレの事を名前ではなく「マレター」と呼ぶのは、ナナによっていつの間にか矯正されてしまったからだ。こんな風に呼ばれると、公都のアシカっ子達を思い出す。

「ちょっと待って——」

貰った枝キュウリは端っこの折れた部分が傷んでいたので、指先に出した魔刃でカットしてからハムっ子達に与える。

枝キュウリを受け取ったハムっ子達がコリコリとひたむきに囓《かじ》り出す。

どの子も食いしん坊なのか、囓りながらカットして避《よ》けた傷んだ枝キュウリの端っこに手を伸ばす。

「これはダメだよ」

オレは素早く傷んだ端っこを取り上げる。

ハムっ子達が「どうして？」と言いたそうな顔でオレを見上げる。

「お腹《なか》を壊しちゃうからね」

オレが理由を告げると、残念そうにしながらも諦《あきら》めてくれた。

もちろん、その間もコリコリと枝キュウリを食べる手を止める事はない。


「ロロいる～？」

準備中の札をオープンに替える前にお客さんがやってきた。常連客のノナさんだ。

「いらっしゃい、ノナさん」

「開店前で悪いけどさ、『迷わずの蝋燭《ろうそく》』を三本と美味しい方の保存食を二〇食。それと前にサトウーさんが試供品でくれた虫除《むしよ》けも」

「皆《みんな》、保存食を倉庫から持ってきて。いい匂《にお》いのするやつよ？」

「分かった」

「いい匂いの」

「取ってくる」

ロロに指示されたハムっ子達が先を競って倉庫へと向かう。

「虫除けは幾つにしますか？」

ここの樹海迷宮は熱帯のジャングルがメインだから、虫除けって必須《ひっす》なんだよね。

「おっ、サトゥーさんもいたんだ。虫除けの数は値段によるかな。最低一個は欲しいけど、あんまり高いと買えないからさ」

「値段は『迷わずの蝋燭』と同じでいいですよ？」

「ええ？　そんなに安いのか？　――いや、安くはないか？　でも、あの性能でその値段なら――買いだな。三個――いや、五個！　虫除けは五個買う！」

それほど儲《もう》けは出ないけど、高い素材は使っていないし、このくらいの値段で十分だ。

レシピも勇者屋の先行利益が確保できたら、錬金ギルドに公開するつもりだしね。

「毎度ありがとうございます。虫除け用の籠《かご》を用意したんですけど、使ってみませんか？　試供品だから無料でいいですよ？」

「使う！　サトゥーさん、サイコー！」

抱き着いてくるノナさんを引き剥《は》がしながら、入り口の営業札をオープンに変更する。

「もう！　ノナさん！　うちはお触りは禁止です！」

「あはは、ごめんごめん。ロロのいい人に手は出さないよ」

「い、いい人だなんて……」

ロロが真っ赤な顔になって俯《うつむ》く。

「ノナさん、うちの店長は純真なんですから、からかわないでください」

「はーい」

ノナさんを窘《たしな》めている間に、ハムっ子達が奥から保存食を運んできた。

末っ子ハムがいつものように転がっていたが、他《ほか》の二人がフォローして保存食は無事だ。

「よう、ロロ。研ぎを頼んでた武器はできてるか？」

「保存食の新しいのができたって聞いたんだけど、まだ在庫は残ってる？」

「虫除け！　虫除けを売って！　変な臭《にお》いのしないヤツ！」

ノナさんの会計を済ます間にも、次々とお客さんがやってきた。

新製品を色々と用意した甲斐《かい》あって、最近はノナさん以外の常連さんも増えてきた。

「この店で巻物を高く買い取ってくれると聞いてきたのだが――」

「サトゥーさん、巻物の買い取りです」

おおっ、募集して初めてだ。

オレは縮地でカウンターに移動し、巻物を持ち込んだ商人風の男の前に行く。

「お待たせしました。担当のサトゥーです。それで売りたい巻物というのは？」

「一〇本ほどある」

「一〇本！　それは素晴らしい！」

小躍りしかけたせいか、客やロロがびっくりしている。

「見て驚くな！　八本はなんとシガ王国産だ。シーメン工房の純正品だぜ」

「それは凄《すご》いですね」

見慣れた公都のシーメン工房の封蝋が押された巻物だ。

残念な事に、オレが持っている魔法ばかりだった。

残り二本に期待しよう。

「血吸い迷宮で出た『粘着網《スティッキー・ネット》』と『聖光《ホーリー・ライト》』だ」

前者は粘着性の投網を飛ばす非殺傷系の捕縛系魔法、後者は対アンデッド用の聖なる光を放つ魔法だ。神聖魔法にも同名の魔法があるが、これは光魔法らしい。前者がレーザーっぽい攻撃魔法なのに対して、後者はターンアンデッドに近い効果の魔法だ。

「こちらは珍しい魔法ですね。どちらも銅貨三〇本で買わせていただきます」

「おおっ！　そんなに高額で?!　それではこちらの八本は？」

「そちらは銅貨一本ですね」

「そんなに安いんですか？」

どこで仕入れたのか知らないけど、赤字にはならないはず。

「すみません、知り合いの蒐集家《しゅうしゅう》からの依頼でして。彼の持っていない巻物なら高額で買い取れるのですが、シーメン工房とは直接取引をされているそうで、一律その値段なんですよ」

商人氏は血吸い迷宮産の巻物二本を、オレの提示額で売却し、同価値の宝石で受け取って帰っていった。商人氏には新製品の試供品セットをプレゼントしてある。迷宮の奥地にあるアーカティアまで行商に来るような彼なら、新たな販路を開拓してくれそうな気がするんだよね。

◆

「ロロいるぅ〜」

客が引けた頃《ころ》、疲れたティアさんがやってきた。

勇者屋に来る人は、皆似たフレーズで入ってくるね。

「いらっしゃいませ、ティアさん。お疲れのようですね」

「うー、疲れたぁ〜。頭の固い聖職者の相手はほんと無理。要塞《ようさい》都市に神殿の建設を許可しなくて、本当に正解だったわ」

ティアさん、ティアさん、そんな発言をしていたら、ロロに正体がバレますよ。

「あの神官達は何をしに要塞都市へ？」

「んー、『邪神殿』に高位のアンデッドが目撃されたのよ」

ティアさんの言う「邪神殿」とは樹海迷宮の中にある邪教の神殿っぽい場所の通称だ。マップ検索で確認したけど、魔族も魔王信奉者もいなかった。

「あそこは低級のアンデッドしか出ない初級冒険者の狩り場だから、早めに駆除したいのよね〜」

「高位のアンデッドを駆除するだけなら、魔法使いや魔剣使いでいいのでは？」

「倒すだけならそうなんだけど～、再発生しないように浄化する必要があるのよ～」

カウンターにぐで～っと突っ伏したティアさんに、果実水風の栄養剤を差し入れする。

「これこれ～、これがないと最近はダメなの～」

栄養剤の瓶を見たティアさんがガバッと起き上がり、いそいそと瓶の蓋《ふた》を開ける。

「変な成分は入ってないでしょうね？」

腰に手を当ててぐびっと飲んだティアさんが、ニヤリと笑みを浮かべてそんな冗談を口にした。

「サトゥーさんはそんな事しません！」

間髪容れずにロロが怒った。

冗談を真に受けてしまったようだ。

「ごめんごめん、冗談よ」

ね？　とティアさんが助けを求めてきたので同調しておく。

ティアさんはロロに弱いようだ。

「ティア様！」

勇者屋の扉が開いて、ティアさんと同じ意匠のローブを着た女性が飛び込んできた。

「ティア様、モロク殿がまた騒ぎを」

「えー、またあ～」

ティアさんが厭《いや》そうに唸る。

「ごめんね、ロロ。また来るわ」

ティアさんは瓶に残った栄養剤を呷《あお》ると、小さく手を振りつつ退店していった。

「ロロ、いるかい？」

ティアさん達と入れ替わりで、蜥蜴《とかげ》人のご婦人が入ってきた。

勇者屋に蝋を納品してくれている業者の人だったと思う。

「こんにちは、おばさん」

「すまないけど、うちのシャーシがどこにいるか知らないかい？　また、いなくなったんだよ」

そういえば前も息子さんが帰って来ないって言ってたっけ。

「どこかで見なかったかい？」

「いえ、見てません。――サトゥーさんは知りませんか？」

マップ検索したら要塞都市アーカティアからあまり離れていない樹海迷宮にいるのが分かった。

友達らしき死霊術士達と一緒だし、周りに使役するアンデッド達を護衛に付けている。壁役に適したレベル二〇級のアンデッドもいるし、狩りにでも出かけているんじゃないかな？

「少し前に友人らしき死霊術士の方達と門の方に歩いて行くのを見ました。アンデッドを連れていたので、何かお仕事に行かれたのではありませんか？」

「そうなのかい？　そうだったらいいんだけど……」

ご婦人は心配そうな顔でそう呟《つぶや》いた後、オレとロロに礼を言って去っていった。

異世界でも、母親は子供の心配をするものらしい。

幕間：はぐれ死霊術士

「うわっ、魔物っす！」

蜥蜴人の死霊術士シャーシが、歪曲空間《わいきょくくうかん》の境目から現れた魔物に驚いて尻餅《しりもち》をついた。

「骸《むくろ》達よ！　魔物を倒せ！」

「下僕ども！　俺様達を守れ。おい、起きろ、シャーシ！　お前も下僕達に命令をしねぇか！」

同行していた年配の死霊術士達が、アンデッド達を使役して襲ってきた魔物を迎撃させる。

「わ、分かったっす！　戦え、しもべ達！」

シャーシが震える声で指示すると、スケルトン達が棒や草刈り鎌《がま》を振り上げて魔物の迎撃に参加する。

蛙人《かえる》の老死霊術士ザンザサンサが使役するアンデッドは武器を持っているのに、彼のスケルトンは農具しか持ち合わせていない。スケルトンのレベルも低いので、魔物の反撃で腕や足の骨を折って動けなくなる個体が続出した。

「こんな雑魚相手で壊れたのかよ。主《あるじ》と一緒で使えねぇな」

鼠人の中年死霊術士ゾゾに罵倒《ばとう》されて、シャーシが悔しさに唇を噛《か》みしめる。小さな鼠人が体格のいい蜥蜴人を罵倒するのはコミカルな絵図にも見えるが、本人にはそんな事は関係ない。

見かねたのか、老死霊術士が白い顎髭《あごひげ》をしごきながら仲裁に入った。

「仲間を腐すのはよせ。シャーシ、壊れた骸を死霊術で修復しろ。できるな？」

「う、うん、できるっす。やるっすよ。[redacted]骨格修復《リペア・スケルトン》」

シャーシは汎用《はんよう》的な修復魔法ではなく、スケルトン専用の修復魔法を使用した。

「よくそんなドマイナーな呪文《じゅもん》を覚えたな」

「えへへ、こ、これ便利なんすよ」

「褒めてねぇよ。下級アンデッド全般に使える『下級骸修復《リペア・レッサーアンデッド》』の方が便利だろうが」

「そ、それはそうっすけど……」

中年死霊術士の言葉に、シャーシは俯いた。

「骨格修復は消費魔力が少ない。スケルトンを扱うには悪くない選択だ」

「そ、そうっすよね」

「それよりも、そろそろ立て。日が落ちるまでに『邪神殿』へ行くぞ」

「わ、分かったっす」

シャーシはスケルトン達に助けられて立ち上がると、移動を再開した。

何度かの魔物との遭遇で護衛のアンデッド達の数を減らしながらも、目的の「邪神殿」に辿《たど》り着く事ができた。

「けっ、足手まといがいるせいで、とっぷりと日が暮れちまったぜ」

「す、すみませんっす」

中年の罵声にシャーシが肩をすぼめて小さくなる。

「ここからが本番だ、気を引き締めろ」

「そういや、ここに出た高位のアンデッドってのは何だ？　レイスかワイトか？　ゴーストって事はないだろ？」

「それも調べる。事前情報からして、少なくともゴーストではない」

「なら、ワイトかレイスか……ワイトなら俺様でも支配する自信はあるが、レイスだと分からん。あんたなら操れるのか？」

「心配するな。万が一の場合は魔王『死霊冥王《めいおう》』の遺物を使う。遺物の力を使えば、支配できぬアンデッドなどおらん」

「なら、安心だな。おい、行くぞ」

「は、はいっす」

中年死霊術士を先頭に、三人が「邪神殿」へと足を踏み入れた。

「――そう。支配できぬアンデッドなどおらん。それがたとえ、死霊冥王の残留思念であろうとも、な」

老死霊術士が独り言を呟く。

「何か言ったか⁉」

「気にするな。爺《じじい》の独り言だ」

「そうか？　それで、中央に向かえばいいんだよな？」

「その通りだ。しばらくは道なりだから、そのまま進め」

三人の死霊術士達は星明かりの届かない暗闇《くらやみ》の奥へと消えた。
まるで、この先に待つ運命を暗示するかのように。

お嬢様の挑戦

〝サトゥーです。ホホホ笑いは昭和の少女漫画から始まったと友人が言っていました。今でも悪役令嬢の定番スタイルですが、実際にリアルでそういう笑い方をする人を見た事はありません。〟


「じゃじゃーん～?」

「たらりなまさいなのですよ!」

久々に仲間達が迷宮から帰ってきた。

必要経験値が倍近いミーアがレベルアップするまでという縛りで頑張っていたので、予定よりも三日ほど延長しての帰還だ。

「ご主人様、ご所望の古陸獣の牙《きば》を可能な限り確保いたしました」

「ありがとう、リザ」

タウロス素材もいいけど、恐竜っぽい古陸獣はここの主流素材なので、一通り扱ってみたかったんだよね。

「幼生体、お土産の魔芽花椰菜《イビル・ブロッコリー》だと告げます」

「ナナ、ありがと」

「ナナ、嬉《うれ》しい」

ハムっ子達が抱えるようにして囓《かじ》り出した。

「ナナ、撫《な》でて」

ナナがボイル済みの巨大ブロッコリーを差し出すと、ハムっ子達を、ナナが優しい目で見守る。

この子達はこれが大好きなんだよね。

「ん、ブロッコリー美味」

野菜好きが増えてミーアも嬉しそうだ。

はぐはぐとひたむきにブロッコリーを囓るハムっ子達を、ナナが優しい目で見守る。

「ロロさん、頼まれていた薬草と果実です」

「ありがとう、ルルさん」

ルルとロロが並ぶと、本当に双子みたいだ。

まさに奇跡の共演だね。

「ご主人様、悪いけど早めに獲物の回収お願い。ギリギリまで『格納庫《ガレージ》』を拡張しているから、ちょっち辛《つら》いのよ」

「いいよ、庭に行こう」

中庭で開けるギリギリサイズの入り口を開けてもらい、そこに「理力の手《マジック・ハンド》」を伸ばして回収していく。

小型の魔物や各種タウロスも数が多いが、今回はブロントサウルスタイプの古陸獣が体積の多くを占めているらしい。これに比べたら、ティラノサウルスタイプの古陸獣も子供のようなものだ。

「今回は小型も一匹ずつ冷凍してあるんだね」

前回は小さいのはまとめて氷のキューブの中に入れてあったのに、今回は一匹ずつバラバラに凍らせてあるのが多い。

「それはリザさんよ」

「――リザが？」

「はい、買っていただいた氷奪骨槍《そう》の能力です」

リザが後ろから答えた。

「魔物を倒したら凍り付くから雑魚狩り向きよね～」

「はい、とても便利でした」

リザは獲物の移動を手伝いに来てくれたようだけど、特に手伝う事はないので迷宮での出来事を色々と聞かせてもらう。

「今回は初めての場所という事もありましたが、予想外の場所から現れる敵が良い刺激になりました」

「まあ、刺激っちゃ刺激よね。手に汗握る戦いは久々だったわ」

「そんなに大変だったのか？」

レベル的には余裕だと思ったんだけど。

「城下町はヘビーだったわよ～。建物の壁を突き破って現れるチャンピオンとか、建物を飛び越えてくるチャンピオンとか、内壁塔の上からジャンプしてくる真っ赤なチャンピオンとか、一斉に来るなって感じよ」

「チャンピオンばっかりだな」

あの巨体で素早いから対処が難しいのだろう。

「そこにリーダー率いる小集団が四方から迫ってきたのだと報告します」

振り返ると、ハムっ子三人を胸に抱いたナナが皆《みんな》と一緒に来ていた。

抱き上げられるのが厭《いや》なのか、ハムっ子達がナナの胸でジタバタと藻掻《もが》いている。

「いえすぅ～？　石畳返しで頑張った～？」

畳じゃなくて石畳でやったのか……さすが忍者タマ。予想の斜め上を行くね。

「ええ、あれは助かりました」

「にへへ～。タマ、お役立ち～？」

「ポチも！　ポチもファランクスさんで頑張ったのですよ！」

「そうですね。ポチの反応も素晴らしかったですよ」

リザに褒められたタマとポチがくねくねと恥ずかしがる。

「ミーアの精霊がもう一方を支えて、残り一方をわたしの『迷路《ラビリンス》』の魔法で足止めして、ナナがチャンピオンズを支えたのよ。後はルルの狙撃《そげき》とリザさん達で数を減らしていった感じね」

中にはナナの挑発スキルを無視して突撃してきて、後衛陣に襲いかかる危ないシーンもあったそうだ。

「まあ、ルルの空気投げが決まって難を逃れたのよ。ね、ルルお姉様」

アリサがいたずらっ子の笑みでルルを見る。

「もう、アリサったら、それはご主人様には内緒って言ったじゃない」

「あはは、めんごめんご。忘れてた」

「ルルさん、凄《すご》いです！　タウロス・チャンピオンって言ったら、金獅子《きんじし》級の人達でも戦うのを避けるような凄い魔物なのに！　私、尊敬しちゃいます！」

「え、えーっと、ありがとうございます？」

興奮するロロに繋《つな》いだ手をブンブン振り回されて、ルルが困り顔だ。こういう二人も可愛《かわい》いね。

「ポチもピンチになったのですよ！」

ポチがぴょんぴょんと飛び跳ねて主張する。

「怪我《けが》しなかったか？」

「はいなのです。卵のヒトが出てきてポチを守ってくれたのですよ！」

ポチが卵帯ごと「白竜の卵」を掲げて主張する。

「卵が？」

そういえばピアロォーク王国でも、卵が妖精鞄《ようせいかばん》から飛び出していたっけ。

「はいなのです！　卵のヒトのアッパーで、チャンピオンをノックアウトしたのです！」

さすがは竜だ。卵の状態でも戦いを求めるとは。

「それは凄いね」

「はいなのです。ポチと卵のヒトは熱い絆《きずな》で結ばれているのですよ」

ポチが卵帯を優しく抱き締めて頬《ほお》ずりする。

「ポチ、卵に感謝するのはいいですが、まずはピンチになった事を反省するようになさい」

「はいなのです。ポチは反省するのです」

リザに叱《しか》られたポチが、卵帯を定位置に戻した後、反省のポーズで耳と尻尾《しっぽ》をしょぼんとさせた。

「ロロ、いないの～？」

店の方からロロを呼ぶ声が聞こえた。

「大変、お客さんだわ。ちょっと行ってきます」

「ロロさん、私も手伝います」

ロロとルルが店舗の方へ駆けていく。

「ロロ、手伝う」

「ロロ、一緒」

「ロロ、待って」

「幼生体、待ってほしいと告げます」

ハムっ子達がナナの胸元から逃げ出してロロを追いかけていった。

「構いすぎて逃げられたみたい」

様子を見ていたアリサが事情を教えてくれた。

ミーアは我関せずという顔で追いかけっこの曲を奏でる。

タマは庭木の陰で丸くなってお昼寝を始めてしまった。冷凍魔物をアリサの「格納庫」から出したから、今はクーラーが効いているみたいに涼しいんだよね。

「オレも手伝ってくるよ」

「ご主人様、私達も手伝います」

「迷宮から帰ったばかりなんだから、ちゃんと休みなさい」

オレはそう言って店舗に戻った。

◆

「ここが隠れた名店か！」

「見ろよ、この骨剣。こんなに鋭いのに、脆《もろ》そうな感じが全くないぜ」

「しかも値段が手頃《てごろ》だ」

「それよりもあいつが持っていた美味《うま》くて安い保存食だ！」

「臭くない蝋燭《ろうそく》もだぞ」

「馬鹿《ばか》野郎、特製虫除《むしよ》けと魔法薬もだ！」

狭い店舗に溢《あふ》れるほどのお客を、ロロとルルが対応していた。

手伝うハムっ子達は、忙しすぎてお互いにぶつかったり、転んで目を回したりしている。

「なんだかお客さんが多くない？」

「新製品の噂《うわさ》が良い感じに広がったからかな？」

最近は朝方と夕方はこんな感じだ。

「こ、この骨装備を作られた方はおられるか！　是非とも我が輩を弟子にしてほしい！」

「ごめんなさい。弟子は取らないそうなんです」

弟子入り志願の死霊術士をロロがいつものように、、、にお断りしている。

スキルレベルが最大のせいか、他《ほか》の職人よりも出来がいいみたいなんだよね。

「ご主人様、ちゃんと帳簿は付けてるの？」

「売り上げや経費はちゃんと帳面に付けてあるはずだぞ」

ロロが管理しているのでオレはよく知らない。

「うげっ、何これ、日付と品物と金額をメモしてあるだけじゃない。複式とは言わないけど、せめてもうちょっと表にして管理しなさいよぉおおお」

アリサが帳簿を見て唸《うな》っている。

「今晩からロロに経理のなんたるかを叩《たた》き込んであげるわ」

「お手柔らかにね」

前世が経理系のＯＬだったからか、アリサは帳簿に厳しい。

◆

「オーホッホッホッホ！」

賑《にぎ》やかな店内に、悪役令嬢みたいな高笑いが響いた。

アリサと二人で顔を出す。ルルが困り顔で高笑いの主を見ていた。ロロはいない。品出しで奥に行っているらしい。

「鄙《ひな》びた店にしてはずいぶんと人が多いですわね」

友好的とは言いがたい台詞《せりふ》が、金髪ツインテールな髪をした少女の口から飛び出した。

少し尖《とが》った耳が気になってAR表示を確認すると、少女は妖精《ようせい》族のレプラコーンらしい。

確か、地球の伝承だと、いたずら好きの妖精だったはずだ。

「鄙びた店とはずいぶんな言い方じゃない？」

非友好的な少女に言い返したのはアリサだ。

「何、あなた？」

一瞬だけ怯《ひる》んだ少女だったが、胸を張り、おすまし顔で名乗りを上げた。

「冒険者風情が要塞《ようさい》都市アーカティアで随一の大店《おおだな》、ウッシャー商会会長の長女であるケリナグーレと対等に話せるとでも？　少し思い上がりが――」

「ケレナグール？　昔そんなCMを見たわね」

すまない、アリサ。そんなCMは知らない。

きっと昭和時代か平成初期のCMだろう。

「間違えないでちょうだい！　私の名前はケリナグーレ！」

ヒートアップする少女に、アリサはごめんごめんと軽い感じで謝る。

「我がウッシャー家はひいお祖父《じい》様の代にブライブロガ王国で巫山戯卿《ふざけきょう》の地位を与えられたほどの

名家ですのよ！」

そういえばオレもブライブロガ王国のスマーティット王子から巫山戯卿の称号を貰《もら》ってたっけ。

ひょっとしたら地元では凄い称号だったのかな？

「あ、あの！　それでケレナグーリさんは――」

「だから、ケリナグーレ！　私の名前はケリナグーレよ！」

素で言い間違えたルルを少女が怒鳴りつける。

少女は涙目になっていて、ちょっとかわいそうだ。

なんとなく迷宮都市セリビーラにある「蔦《つた》の館《やかた》」の家妖精レリリルを思い出す。

「それでウッシャー商会のお嬢様が勇者屋にどのようなご用件ですか？」

話が進まないので、少女の用件を確認する。

「ふ、ふん！　初めからそう言えばいいのですわ！」

少女は目元に浮かんだ涙を拭《ぬぐ》うと、「勝負ですわ！」とオレを指さして叫ぶ。

そこにハムっ子達を連れたロロが戻ってきた。


「――あれ？　ケリちゃん、久しぶり」

ロロが気安い感じで少女を呼んだ。

「誰《だれ》がケリちゃんよ！　略すなっていつも言ってるでしょ！」

「だって、ケリちゃん、名前を言い間違えたら怒るもん」

「当たり前でしょ！　私達、ブライブロガ氏族のレプラコーンは名前を尊ぶのよ！　略すのも言い間違えるのも禁止！　禁止ったら禁止！」

ロロの少しすねたような答えを聞いたケリ嬢が、一人でヒートアップする。

「ロロさんのお知り合いですか？」

「はい、ルルさん。ケリちゃ――ケリナグーレちゃんは私の幼なじみです」

ルルの質問にロロが答える。

足下に違和感を覚えて下を見ると、ハムっ子達がオレの後ろに隠れ潜んでいた。

「マしター、下見ないで」

「マしター、気付かれる」

「マしター、隠して」

ハムっ子達が小声で言う。

どうやら、ハムっ子達はケリ嬢が苦手のようだ。

「そんな昔の事は忘れたわ。今の私は要塞都市アーカティア随一のウッシャー商会で、副代表を務めるほどなのよ！　こんな零細商店の貧乏店主と一緒にしないで」

ケリ嬢が肩に掛かっていたツインテールの片方を、ブオンと音がしそうな勢いで後ろに払う。

アリサが「ドヤ顔で髪を払う仕草が凄く似合っているわね。できればツインテールの先をドリルみたいな縦ロールにしてほしいわ」なんて妄言を呟《つぶや》いていたが、軽くスルーした。

「そうなの？」

「はい、ケリちゃんは小さい頃から商売の為《ため》に色々していた凄い子なんです」

オレの問いに、ロロが幼なじみ自慢をする。

「だ、だから、略すな！」

叫びながらもケリ嬢の頬に朱が差している。

「マスター、店舗がフリーズしていると告げます」

「ん、奥」

ナナとミーアが店舗に現れて、他の客が放置されていると指摘した。

「ご主人様、店舗の事は私達にお任せください」

「お手伝い～？」

「ポチはお手伝いのプロなのですよ！」

仲間達が店番を代わってくれたので、ロロとケリ嬢を促してカウンターのすぐ奥にある応接間へと移動した。アリサも一緒だ。


「何、この焼き菓子？　なんでこんなに美味《おい》しいの？」

ケリ嬢は上品な仕草を維持したまま、凄《すさ》まじい速さで焼き菓子を口に運んでいる。

よっぽど焼き菓子が気に入ったのだろう。

ハムっ子達はロロのソファーの背後に隠れつつも、焼き菓子をお裾分《すそわ》けしてもらってコリコリとひたむきに食べていた。

焼き菓子が気になる様子のタマとポチにも、一枚ずつプレゼントしてある。

『そういえば、「勝負」とかって言ってなかった？』

『このまま勝負を忘れて帰ってくれたら楽なんだけどね』

アリサと空間魔法の「遠話《テレフォン》」で内緒話をする。

応接間に移動したついでにお茶を勧めたところ、ケリ嬢はお茶菓子に出したお手製クッキーに心を奪われてしまったのだ。

このクッキーは店番の合間に、現地素材で作れるスイーツ・レシピを開発していた時に作った。

「お嬢様、飛び出していったと思ったら、お茶会ですか？」

「トマリ！」

店舗の方から美女が声を掛けてきた。

店番のリザに阻止されて、こっちに来られないようだ。

リザに「通していいよ」と告げると、背の低い美女がこっちにやってくる。

ケリ嬢と同じ尖った耳からして、彼女も妖精レプラコーンなのだろう。

「初めまして、ケリナグーレお嬢様の秘書をしております、ウッシャー商会の手代トマリトローレと申します」

レプラコーンの女性は舌を噛《か》みそうな名前ばかりなのだろうか？

そういえば、さっきケリ嬢が名前を略すなと主張していたけど、同族相手なら略してもいいのかな？

「お嬢様、お話が終わりましたのなら、そろそろ戻りませんと。金獅子《きんじし》級冒険者の皆さんが待ちくたびれておいでですよ」

「ハッ！　そういえば、終わってない！　危うく焼き菓子の罠《わな》に嵌《は》まって、何もせずに帰るところだったわ」

残念。ケリ嬢が面倒そうな本題を思い出してしまった。


「勝負ですわ！」

ケリ嬢が椅子《いす》から立ち上がって叫んだ。

「特別に大魔女様の依頼に参加させてあげる！　この依頼を達成できたら、この店も大魔女様のお墨付きをいただけるのよ！」

「大魔女様のお墨付きを！」

ロロが珍しく大きな声を出した。

どうやら、よっぽど凄《すご》い事らしい。

「お嬢様、いくら幾つもの商会が同時に受けた競争依頼とは言え、いたずらに競争相手を増やすのはどうかと」

「いいのよ！　あんたが負けたら、『勇者屋特製保存食』の入荷ルートを教えてもらうわ！　それが依頼に参加する賭《か》け金代わりよ！」

なるほど、勝てば「大魔女様のお墨付き」を得、負ければ「特製保存食の入荷ルートの情報」を与えるという事か。

うん、失うものは何もないね。入荷ルートはオレだし。

入荷量を何割か納めるとかだったら別だけどさ。

「受ける前に、依頼の内容を知りたいんだけど？　まさかとは思うけど、既に依頼品を集め終わっているなんて事はないわよね？」

「当たり前でしょ！　依頼があったのは今日の朝！　どこの商会にも在庫がない品だから依頼が出たのよ！」

アリサの疑惑が心外だとばかりに、ケリ嬢の発言がヒートアップする。

「依頼の品は何？」

「ここに書いてあるわ」

ケリ嬢が広げた巻物に書かれていた素材は三つ。

マッシャー蛙《がえる》の舌、地下這い百合根《クロウラー・リリーバルブ》、巨大古陸獣の背で育った寄生茸《きのこ》の三種らしい。

マップ検索によると、要塞都市内にはない。少女の言葉に嘘《うそ》はないようだ。

「聞いた事のない素材ばかりね。ご主人様、分かる？」

「採取できる狩り場くらいなら」

マップ検索によると、蛙は樹海西方の上級者区画「汚泥遺跡」に、百合根《ゆりね》は樹海南方の中級上位者区画「血吸い湿地」に、寄生茸は最上級者向けの「城」にあるようだ。

——おや？

茸の寄生先に見覚えがあったので、ストレージを検索したら既に持っていた。

「どうしたの？」

「ちょっと待ってて」

オレは倉庫に行った振りをして、ストレージから取り出した寄生茸を持って応接間に戻る。

「そ、それは寄生茸！」

「やっぱり、これか」

「そんな素材どうしたの？」

「皆《みんな》が『城』で狩った魔物に寄生していたんだよ」

「へー、それじゃ一個目の素材クリアね！」

「ま、まままま――」

「どうしたのケリ子たん、壊れたレコードみたいに」

スタッカートを刻むケリ嬢にアリサが首を傾《かし》げた。

「待って！」

ケリ嬢が寄生茸に手を伸ばしてきたので、上に持ち上げて避難させる。

「それはナシ！　無しにして！」

凄く狼狽《ろうばい》している。

最難関のはずのアイテムが存在していた事が予想外すぎたのだろう。

「えー、それはそっちに都合良すぎない？」

アリサがケリ嬢の前に立つ。

「だ、だったら、うちの仕入れルートを一つ分けてあげるわ」

「うーん、あんまり美味しくないな～」

「だったら、何がいいって言うのよ！」

アリサがオレを見る。バトンタッチらしい。

「ならば、勇者屋かロロが困った時に、一度だけ手を貸していただけますか？」

「いいわ！　それで手を打とうじゃない！」

ケリ嬢が即答した。判断が速いね。

「どうせ、万年赤字の店だもの。借金の肩代わりをしてほしいとかでしょ？」

ケリ嬢がロロを見る。

話を振られるとは思っていなかったのか、ロロが目をぱちくりさせた。

「あ、最近、黒字になったの！」

「黒字？　あの勇者屋が？　――そういえばさっき客が多かったわ」

ケリ嬢は目を伏せて思考に没頭した。

「あなたね！　あなたが勇者屋を黒字にさせたのね！」

ビシッとオレを指さした。

「少しロロを手伝っただけですよ」

「そんな！　違います！　サトゥーさんが新商品を色々と考えてくれたお陰です！」

ロロが少し怒った顔でオレを見上げる。

「ふーん」

ケリ嬢が少し思案した後に、ニヤリと口角を上げた。

「あなた、ウッシャー商会で雇ってあげるわ」

「ダ、ダメです！　サトゥーさんは勇者屋の店員さんなんです！」

ロロがオレを隠すように抱き着いて、ケリ嬢に訴える。

その必死な様子に、アリサも鉄壁行動を取るか迷っているようだ。

「給料は今の三倍よ。今日から来られるわね？」

「さ、三倍？　……サトゥーさん」

ロロがすがるようにオレを見上げる。

「大丈夫。勇者屋を辞める気はないよ」

オレがそう答えると、ロロが安心してオレの胸に頭を預けた。

「――ちっ、馬と違って律儀ね」

引き抜きに失敗したケリ嬢が悔しそうだ。

「――馬。もしかして……」

「違うわよ。ゴルゴル商会が引き抜いたって話を聞いただけ。あんた、あの商会から借金してたでしょ？」

なるほど、その商会は借金の形《かた》に勇者屋を丸ごと手に入れようと画策していたって感じかな？

「お嬢様、お話が逸《そ》れていますよ」

秘書さんがケリ嬢に耳打ちする。

「分かってるわよ、トマリ。とりあえず、何かお願い一回分で寄生茸はナシね。残り二つで勝負よ！」

ケリ嬢がビシッとアリサに指を突きつける。

そこは店主であるロロにするべきではないだろうか？

「冒険者ギルドへの紹介状はいるかしら？」

ケリ嬢がアリサに尋ねる。

「必要ないわ。ロロにはわたし達がいるもの！」

「あなた達が？　階級は？」

「アーカティアに来て日が浅いから、まだ銀虎《ぎんこ》級だけど、実力は金獅子級にも負けないと自負しているわ！」

「そう？」

少女は店頭で働くリザやナナを値踏みする視線で見た後、「なら、頑張りなさい」と言い捨てて店を出て行った。秘書さんに何度もせかされていたしね。

◆

ケリ嬢達を見送った後、ロロが申し訳なさそうに口を開いた。

「ごめんなさい。サトゥーさん達を巻き込んで」

「気にしなくていいよ。あの条件なら負けても失うモノはないし、この子達なら負ける事はないからね」

オレがそう言うと仲間達が誇らしげな顔で微笑《ほほえ》んだ。

ロロに店番を頼み、仲間達をすぐ奥の応接間へ連れていき、採取するアイテムの場所をレクチャーする。

「それで、わたし達が集めるのは、どんなアイテムなの？」

「ちょっと待っててくれ」

オレはマップ検索で見つけたアイテムをターゲットに空間魔法の「遠見《クレアボヤンス》」を発動し、その見た目をスケッチする。そういえば使い慣れたせいか「遠見」の発動可能距離もずいぶん伸びている。

「汚泥遺跡に生息するマッシャー蛙はこんな感じ。捕食者が現れると一斉に汚泥の中に潜って逃げるから、捕獲する時は注意して」

ちょうど観察している最中に、鴉《からす》型の魔物が襲いかかって生態が分かったので、それも注意事項として仲間達に伝えた。

「蛙肉は唐揚げ～？」

「ポチは蛙肉のステーキやテリヤキも好きなのですよ」

イラストを見たタマとポチが食欲に満ちた感想を呟《つぶや》く。

「二人とも、これはご主人様の威信を賭けた勝負です。真剣にやりなさい」

「あい」

「はいなのです。ポチは真剣パワーマックスなのですよ！」

リザに叱《しか》られたタマとポチがシュピッのポーズで気合いを示す。

「もう一つの血吸い湿地にいる『地下這い百合根』は──」

同じようにスケッチしようとしたのだが、「地下這い百合根」は「地下這い」と付くだけあって土中にある為《ため》、全体像がよく見えない。それでも集中したら、それなりに輪郭が分かったので、それを描《か》き起こす。

「この百合根の外見はこんな感じ。どれもレベルが低いけど、広大な領域の地下数メートルの場所を徘徊《はいかい》している。倒すよりも、見つけるのが大変な魔物だと思う」

スケッチを見せつつ、情報を伝える。

「地下茎？　百合根って球根じゃなかったっけ？　なんでジャガイモみたいに生《な》ってるの？」

「さあ？　そういう植生の魔物だからじゃないか？」

アリサの疑問はもっともだが、オレに聞かれても困る。

たぶん、ジャガイモみたいに生っているのを開くと、百合根みたいな見た目と味なんだと思う。

「百合根、美味」

「たくさん取れたら、茶碗蒸《ちゃわんむ》しや色々な料理を作りますね」

「ん、期待」

ミーアには悪いが、ティアさんから貰《もら》ったレシピ集の備考欄によると毒性が高いらしい。

調理法があるかは分からないが、美味《おい》しく食べる方法を調べてみよう。

「この二つは狩り場が凄《すご》く離れているから、片方はオレが担当しようか？」

オレがそう提案すると、アリサとリザがしばし見つめ合った後、どちらからともなく頷《うなず》いた。

「うん、お願いするわ。わたし達が意地を張ってロロを負けさせる訳にはいかないもの」

「どちらも初めての狩り場での初めての獲物ですから、無理はいけません」

二人ともちゃんと優先すべき事柄を押さえていて安心する。

「それじゃ、どっちを担当する？」

「蛙〜」

「ポチは蛙さんがいいのです！」

「百合根」

タマとポチが蛙を、ミーアが百合根を選んだ。他《ほか》の子達はどちらでもいいようだ。

百合根の方はアリサの空間魔法やミーアの土精霊ゲノーモスでも探すのに苦労しそうだから、オレが百合根の方がいいかな。

「なら、オレが百合根を担当するよ」

「むぅ」

ミーアが不満そうだ。

「なら、ミーアはオレと一緒に来るかい？」

「ん、行く」

「ちょ、ちょっと！」

「にゅ！」

「ポチもご主人様と一緒がいいのです！」

「私もマスターとの同行を希望すると告げます」

ミーアを誘ったら、他の子達が色めき立った。

素材採取のついでに、他の子達と並ぶようにミーアのレベル上げをしようと思ったのだが、それは別の機会にした方が良さそうだ。

結局、抜け駆け防止条例とやらで、オレは一人で行く事になった。

しばらく、店を空けるけど、その間にトラブルがあっても困るから、十分な在庫を倉庫に用意した上で、警備用ゴーレムを配備した。おまけで召喚した「影潜蝙蝠《シャドウダイブ・バット》」をロロの影に忍ばせておけば完璧《かんぺき》だろう。

預かったままだったナナの黄金鎧《よろい》は返却してある。ナナの黄金鎧には試作の「キャッスル」機能を組み込んだけど、実戦テスト前なのでオレがいない場所で使わないように言っておいた。試運転はしてあるけど、実戦で問題がでないとも限らないからね。

オレ達は翌朝未明に、ロロに見送られて要塞《ようさい》都市アーカティアを出発した。


そして、オレ達が出発したその日。

アンデッドの大軍が要塞都市アーカティアを襲撃したのだ。

幕間：死者の軍勢

「我に従え、怨霊《レイス》よ！」

蛙《かえる》人の老死霊術士ザンザサンサが魔王「死霊冥王《めいおう》」の遺物を掲げて命じると、氷の矢を雨と降らせていたレイスが動きを止めた。

レイスはゆっくりとした速度で降りてくると、老死霊術士の前で頭《こうべ》を垂れた。

「すげぇ、本当に怨霊を従えやがったぜ」

「凄いっす！　ザンザサンサは凄いっすよ！」

鼠人の中年死霊術士ゾゾと蜥蜴《とかげ》人の新米死霊術士シャーシが興奮した声を上げた。

アンデッドの中でもレイスを使役するのは、腕利きの死霊術士でも不可能に近い偉業だ。

「ふう、なんとかなったな」

老死霊術士は冷や汗を流しつつも、顎髭《あごひげ》をしごきながら満足そうな声を漏らした。

——WZRRAITTTYH。

レイスが老死霊術士に顔を寄せ、地の底から響くような唸《うな》り声を上げた。

老死霊術士は黙ってレイスを見つめる。

「お、おい、大丈夫なのか？」

「ザ、ザンザサンサ……」

ゾゾとシャーシが不安そうに老死霊術士を見る。

老死霊術士は無言で歩み出す。

「ど、どこに行くんだ」

「地下だ」

老死霊術士が静かに答える。

「地下？」

「そうだ。隠し通路の先に太古の霊廟《れいびょう》がある」

レイスがそう言っているのだと老死霊術士が告げる。

「霊廟って事は……」

「死骸《しがい》が転がってるって事だな」

シャーシの呟きを、ゾゾが拾った。

「その通りだ。太古の英雄を操れれば大魔女アーカティアとて何するものぞ」

「そいつあ、いいぜ！　行くぞ、シャーシ！」

「わ、分かったっす」

死霊術士達は意気揚々と地下霊廟へ向かった。

◆

「……す、凄いっす」

シャーシの眼前に一〇〇体を超える高位アンデッドの騎士達が整列している。

地下霊廟に眠っていた大量の遺体を、老死霊術士が遺物の力を使ってアンデッド化して従えたのだ。

「こっちの副葬品もすげーぜ。宝石に金の燭台《しょくだい》、そいつが霞《かす》んじまうほどの魔法の武器だ」

ゾゾは副葬品を身に帯びて、下卑た笑みを浮かべる。

「少し疲れたな。残りはシャーシ、お前がやってみるか？」

「え？　ボクが？　いいっすか？」

老死霊術士の差し出した遺物を見て、シャーシが目を輝かせる。

「待った！　俺様に使わせてくれよ、ザンザサンサ。俺様なら、シャーシの一〇〇倍上手《うま》く使えるぜ」

「ふむ。良かろう、使ってみろ」

老死霊術士は少し思案した後、遺物をシャーシではなくゾゾに手渡す。

「そ、そんなあ……ずるいっす」

「なんだあ？　何か文句でもあるのか？」

シャーシは不服そうに愚痴を漏らしたが、ゾゾに一睨《にら》みされて顔を伏せた。

「従え死霊ども！」

ゾゾが叫ぶと、並べられた棺の蓋《ふた》が持ち上がって、中からアンデッドの騎士達が起き上がった。

（ザンザサンサがアンデッド化した騎士より弱そう）

シャーシはそう思ったが口には出さなかった。

「けっこう疲れるんだな」

「慣れればそうでもないぞ。むしろ、ワシよりも筋が良い」

褒める老死霊術士の言葉を聞いたシャーシが首を傾《かし》げた。どう贔屓目《ひいきめ》に見ても、ゾゾが使役した騎士の方が弱そうだったからだ。

「そうか、そうだよな。俺様すげー」

シャーシの内心など知らず、ゾゾは褒められて素直に舞い上がった。近くに手頃《てごろ》な木があったら登りそうなほどだ。

老死霊術士に促されて、ゾゾが次々に騎士をアンデッド化させていく。

「ゾゾ、レイスから追加情報だ。この先にアンデッド化に適した素材があるそうだ」

「いいねぇ、騎士ばっかで飽きてきたところだ」

そう嘯《うそぶ》くゾゾの顔には疲労が色濃く浮き上がっていた。

たまに足をもつれさせながら赴いた先には、朽ちた玉座が待ち構えていた。

玉座に座る首や手足のない骸《むくろ》――。

「なんだこりゃ？　胴体だけじゃねぇか」

「偉大な王の骸だ。アンデッド化さえすれば肉体の欠損などどうとでもなる」

見下すゾゾに老死霊術士が囁《ささや》く。

それを後ろから見つめながらも、シャーシは地面に根が張ったように前に進めずにいた。

(ここにいるだけでも命が吸われているような気になるっす)

「……あれは、ダメっす」

シャーシの心の中で怯《おび》えとは別の、第六感のようなモノが激しく警鐘を鳴らす。

そんなシャーシの事など気にも留めずに、話は進んでいた。

「ワシには無理だが、ゾゾ、お前ならできるやもしれん」

「よっしゃー、任せとけ！　いっちょやったるぜ」

老死霊術士に煽《おだ》てられたゾゾが腕まくりして骸に歩み寄った。

「ま、待って。あれはダメっすよ。触っちゃダメなヤツっす」

「ふん、臆病《おくびょう》者は黙って見てろ。俺様のすげーところを見せてやるぜ」

その気になったゾゾは、駆け出しの警告など単なるノイズのように切り捨てた。

「ダ、ダメだったら――」

なおも止めようとするシャーシを老死霊術士が無言で制する。

「――ザンザサンサ？」

シャーシは自分を見上げる老死霊術士の酷薄な瞳《ひとみ》に何も言えなくなった。

「目覚めろ、骸！　世紀の大死霊術師ゾゾ様の命令だ！」

黒い靄《もや》が遺体から溢《あふ》れ出した。

黒い靄が人型を象《かたど》り、自分の身体《からだ》を見下ろしたり周囲を見回したりしている。

「よし、目覚めたな。こっちに来い」

だらだらと脂汗を流しつつも、ゾゾはやりきった顔をした。

『……こ、い？』

「そうだ。お前の新たなる主人、ゾゾ様の命令だ」

『……メイ、レイ』

人型の靄はゾゾの方にゆっくりと歩いてくる。

「そこでいい、止まれ」

ゾゾが命ずるも人型の靄は動きを止めず、ゾゾの眼前に顔を近付け、虚《うつ》ろな眼窩《がんか》で覗《のぞ》き込んだ。

深淵《しんえん》に通じるような深い闇《やみ》に、ゾゾは怯えた。

「魔王『死霊冥王』の御《み》名において命ずる！　俺様に従いやがれ！」

その怯えを誤魔化《ごまか》すかのように、ゾゾは大声で叫んだ。

『シタ、ガウ――』

従順な様子を見せた人型の靄に、ゾゾがニヤリとする。

『――ワタ、シガ？』

その言葉の意味を理解したゾゾが表情を凍り付かせた直後に、ゾゾの口や鼻や目から靄が入り込んだ。まるで麻痺《まひ》したようにゾゾは逃げる事も顔を背ける事もしない。ただ蹂躙《じゅうりん》されるだけだ。

手に持った髪が生き物のように蠢《うごめ》いて、ゾゾの身体に幾重にも巻き付き、衣服を切り裂いて身体にめり込んでいく。

「うわ、うわわわ。ザンザ、ザンザサンサ！　大変っす！　ゾゾが、ゾゾが」

シャーシが慌てて老死霊術士に縋《すが》り付くが、老死霊術士は凶悪な笑みを深くするだけ。

全《すべ》ての靄が入り込み、ゾゾの悲鳴とも嗚咽《おえつ》とも分からぬ唸り声が漏れ出すのみ。

倒れ伏したゾゾが痙攣《けいれん》を起こして動かなくなった。

「――ゾゾ？」

シャーシが名を呼びながら、こわごわと近寄る。

目を見開くゾゾに、シャーシは「うわっ」と驚きの声を上げて後じさった。怯えのあまり、尻餅《しりもち》をついて震える。

「死霊冥王陛下ですね？」

老死霊術士は確信を持って問いかけた。

「知ラヌ。我ハ、名モ無キ、亡霊」

ゾゾの身体を使う何者かは、生ある者には決して出せぬような不気味な声で答える。

「ワシらに力を貸していただけませぬか？」

「眠イ。我ガ、眠リヲ、妨ゲルナ」

「分かりました。お眠りください。何者も入れぬように入り口を封じましょう」

「ウム。無礼者ノ、抜ケ殻モ、処分シロ」

そう言うとゾゾの身体から靄が吹き出し、玉座の遺体の中へと消えた。

老死霊術士はシャーシに言ってゾゾの遺体を隠し扉の外に運び出させる。

◆

「ザンザサンサ、これからどうするっすか？」

「死霊術士のする事など決まっている」

老死霊術士が遺物と融合したゾゾの遺体をアンデッド化させた。

「失敗したっすか？　ゾゾの身体から『死者の声』が聞こえないっすよ？」

適性のある死霊術士には、死後間もない遺体やアンデッドから呻《うめ》き声のようなものが聞こえてくる。

だが、それが聞こえないのだとシャーシは訴えた。

「これは呪具《じゅぐ》だ」

「呪具っすか？」

「そうだ。ゾゾの魂と身体は魔王『死霊冥王』の残留思念に汚染され、呪物に成り果てたのだ」

老死霊術士がシャーシに答える。

（本当なら残留思念を支配したかったのだが、さすがは死しても魔王。遺物を使っても魔王を支配する事は叶《かな》わなんだ。ゾゾには悪い事をしたが、その残滓《ざんし》はワシが有意義に使ってやる）

老死霊術士はゾゾを煽てて、火中の栗《くり》を拾わせようとしていたようだ。

「この呪物の力があれば、ワシらの死霊術はさらに強くなる。タウロス達が眷属《けんぞく》を強化するように、この呪物が呪詛騎士《カースド・ナイト》達をさらに強くしてくれるのだ」

老死霊術士が背の低いゾゾの頭を掴《つか》んで魔力を流すと、ゾゾの口や目から黒い靄が溢れて霊廟に整列する騎士達に纏《まと》わり付いた。

怯えるシャーシの心に、火で炙《あぶ》られたような、冷たい刃《やいば》で切られたような独特の感触が伝わってきた。

「ザンザサンサ！　入り口のスケルトンが壊されたっす！」

シャーシと彼の使役するアンデッドとの間に結ばれた繋《つな》がりが絶たれたのだ。

「冒険者か？」

「冒険者もいたっすけど、あの感触は神聖魔法で浄化されたみたいだったっす」

「神官か？」

「たぶん、そうっす！」

老死霊術士は使い魔としている死骸鴉《アンデッド・クロウ》に命じて偵察に行かせた。

◆

「やはりアンデッドがおったぞ！」

モロク司祭が浄化したばかりの白骨を指さして小躍りした。

彼らは「邪神殿」に湧《わ》いたレイスを退治する為《ため》に近隣諸国の神殿から招聘《しょうへい》された神官達とその護衛の冒険者達だ。

「気配がする！　不浄の気配がするぞ！」

「モロク司祭、一人で突っ走らないでいただきたい！」

邪神殿の中に飛び込んでいったモロクを、冒険者達が追いかける。

残りの神官達も冒険者に続いて邪神殿へと足を踏み入れた。

「うおおおおおお！」

その眼前に、必死の形相のモロクが飛び出して来た。

「モ、モロク殿？」

驚く神官達の問いかけに答えず、モロクが一目散に「邪神殿」から離れる。

呆気《あっけ》にとられた神官達だったが、邪神殿の奥から聞こえてくる無数の足音と唸《うな》り声に顔を青くした。

「に、逃げろー！」

モロクに遅れて逃げ出してきた冒険者達の背後には、無数のアンデッド達の群れが見えた。

「あんたら、神官だろ？　『浄化《ターン・アンデッド》』で退治しろよ！」

「言われるまでもない。■■　浄化《ターン・アンデッド》！」

神官達は口々に神聖魔法を詠唱し、次々に「浄化」を放つが、アンデッド達を昇天させるどころか、その足を止める事すらできない。

神官達や冒険者達は荷物を地面に投げ捨て、モロクの後を追って逃げ出した。

「なんで浄化できないんだよ！　あんなに偉そうに聖職者がどうとか言ってただろうが！」

「あんな高位アンデッドを俺達のような平神官が始末できるか！」

「平神官で無理なら、ボサボサ鼠《ねずみ》ならできるのか？」

「――ボサボサ鼠？　ふふ、モロク殿なら可能だ。もともと怨霊を退治に来たのだからな」

あまりに的を射たモロクの渾名《あだな》に、神官は思わず笑みを漏らした。

「モロク殿！　あんたならできるんだろ？　やってくれよ！」

「あんな高位のアンデッドの群れを、一度に浄化できるモノか！　前列を浄化し終わった直後に、残りの群れに呑《の》み込まれてしまうわ！」

「それじゃ、どうしようってんだ？　このまま逃げるのはマズくないか？」

「そうです、モロク司祭。死者は生者を求めます。このままだと要塞《ようさい》都市アーカティアまで来てしまいますよ」

「態勢を立て直す。要塞都市アーカティアの外壁さえあれば、片端から浄化してくれるわ！」

ぜいぜいと息を切らしながら、彼らは要塞都市を目指して樹海迷宮を駆け抜けた。

その背後からは、疲れを知らないアンデッドの軍勢が、ひたひたと追跡する。

◆

「ふっふっふ、行け！　我が軍勢よ！」

アンデッド達が織りなす軍勢の中心で、老死霊術士がほくそ笑む。

その年老いた身体は、巨大な亀《かめ》のアンデッド——怨念鎧亀《グラッジ・タートル》の甲羅に設《しつら》えられた櫓《やぐら》の上にあった。

「大変っす。このままじゃ、本当に皆《みんな》、死んじまうっすよ」

アンデッド・タウロスに肩車されたシャーシが独りごつ。

彼は己の加担した事件が予想外に大きくなった事に、どうしていいのか分からないようだ。

「見えたぞ、大魔女の塔だ」

老死霊術士のはしゃいだ声に、シャーシが視線を上げた。

卵殻外壁の間から塔が見える。

子供の頃《ころ》から見慣れた塔だ。

いつもそこにあった塔が、これから自分達のしでかした悪行によって倒れるかもしれない。

それがシャーシには怖かった。

「待っておれ、アーカティア！　我が手中に落ちるがいい！」

シャーシの思いなど知らぬとばかりに、老死霊術士は芝居じみた大仰な仕草で要塞都市アーカティアを睥睨《へいげい》した。

アーカティア防衛戦

〝サトゥーです。海外だと都市防衛を主題とした物語がそれなりにありますが、国内だとあまりない気がします。やはり、戦国時代の城攻めなんかのイメージが強いからでしょうか?〟

「ここが血吸い湿地か――」

オレは勇者屋と大商会のお嬢様との納品勝負の為に、「血吸い湿地」まで「地下這い百合根《クロウラー・リリーバルブ》」を採りに来ていた。

「――マップ情報だとこのへんのはず」

湿地に着いてからは、他《ほか》の冒険者達に見つからないように雑草ギリギリの高さを天駆で移動している。

湿地にはワニや恐竜風の魔物がごろごろしており、湿地に来ている冒険者達の獲物は地下深くを潜行する百合根《ゆりね》ではなく、そちらの方のようだ。

「ちょっと広めに掘るか」

オレは魔法欄から「落とし穴《ピット》」の魔法を使って、百合根を囲むように次々と地下二〇メートルほどの穴を出現させた。

しばらく待っていると、落とし穴の壁面を突き破って百合根の一部が飛び出したので、

「理力の手《マジック・ハンド》」で掴んで引っ張り出した。

見た目は「蠢《うごめ》く地下茎」みたいな感じで、ぐねぐね身をよじっていて気持ち悪い。

魔法欄から使った新魔法の「粘着網《スティッキー・ネット》」で固めてから、魔核《コア》の辺りを妖精《ようせい》剣で抉《えぐ》り取って止《とど》めを刺した。

巻物から使った時は最弱の雑魚でも数秒しかホールドできなかったのに、魔法欄から使った「粘着網」はなかなかの固定力を発揮してくれた。魔力の供給を断つと消えるので、これからも便利な非殺傷系捕縛魔法として活躍してくれそうだ。

「せっかくここまで来たんだし、少しサンプルを集めておくか――」

オレは三時間ほど掛けて、湿地の魔物や植物や鉱物など、錬成などに使えるサンプルを集めて回った。樹海迷宮は弱い魔物が多いけど、個体数が多いから乱獲しすぎる心配がないので気が楽だ。

誰《だれ》も来ないような場所を探して、「落とし穴」と「家作製《クリエート・ハウス》」の魔法を使って地下に隠れ家を作った。帰還《リターン》転移の転移ポイント用だ。刻印板を設置したので、これでいつでも採取に来られる。

――キーキー。

脳裏にコウモリの鳴き声が届いた。

ロロの影に潜ませた影潜蝙蝠《シャドウダイブ・バット》からだ。

向こうで何かあったようなので、「帰還転移」を使って要塞都市アーカティアの勇者屋へと戻った。

「ただいま、ロロ」

「あ！　お帰りなさい、サトゥーさん。良かった、まだ湿地には行ってなかったんですね」

オレが声を掛けるとロロが安堵《あんど》の吐息を漏らした。もう行ってきましたと言っても混乱させるだけなので、訂正せずに状況を確認する。

「サトゥーさんがいるなら大丈夫だね。それじゃ、あたしはもう行くよ。早めにギルドに避難するんだよ！」

店には常連客のノナさんが来ていたようだ。

ノナさんはそれだけ言うと、勇者屋を飛び出していった。なんだか、焦っているような感じだ。

「何かあったの？」

「大変なんです！　アンデッドの大群がアーカティアに向かって移動しているそうなんです」

ロロに言われて確認したら、確かにアンデッドの大群がこっちに向かっている。

樹海迷宮は魔物が多い上に空間歪曲《わいきょく》で繋がりや移動方向が平面図では分かりにくいので、言われるまで気付かなかった。

接近するのは雑多なアンデッドの集合体らしい。数だけはやたらと多いけど、レベル二〇以下の敵がほとんどで、一〇〇体ほどの呪詛騎士《カースド・ナイト》が少し強めでレベル三〇後半から四〇前半くらいだ。何体かタウロスや古陸獣のような大型のアンデッドもいる。

魔族はこの件に絡んでいないようだ。前に要塞都市内で見かけたから、ちょっと警戒していたのだが、どこにも魔族や魔王信奉者は紛れ込んでいなかった。フェンやティアさんが頑張って駆除してくれていたお陰だろう。

「サトゥーさん！　大丈夫ですよ！　このアーカティアには大魔女様がいますから！　凄《すご》い魔法でアンデッドの大群なんて倒しちゃいますよ！」

「マレター、安心」

「マレター、大丈夫」

「マレター、お土産は？」

ロロやハムっ子達が励ましてくれた。

黙ってマップ検索していたせいで心配させてしまったようだ。

まあ、末っ子ハムは励ましじゃなくて、お土産の催促だったけど。

「ごめんごめん、不安に思っていたんじゃなくて、防衛に当たる冒険者達に何か差し入れできないか考えていたんだよ」

「それだったら――」

ロロが答えようとした時、扉がバンッと開いて、冒険者ギルドの職員服を着た犀《さい》人の男が入ってきた。

「ふん、『毛なし』の店か。緊急事態につき、アーカティア憲章に則《のっと》って商品を徴発する！」

彼はこちらを睨《にら》んだ後、そう言うと三枚の紙をテーブルに叩《たた》き付けた。

テーブルの上の紙に目を通す。

「体力回復薬を一〇〇本、解毒の魔法薬を二〇本、麻痺《まひ》解除の魔法薬を二〇本、保存食を三〇〇食、矢をあるだけ――」

勇者屋には在庫があるけど、店によっては辛《つら》そうだ。

そんな事を考えつつ、一枚目をめくってオレは眉《まゆ》を顰《ひそ》めた。

「こちらの二枚は他店への徴発令状ですね。お返しします」

押し戻した紙を、職員が乱暴に押し返してきた。

「間違いじゃない。最近は阿漕《あこぎ》な商売で暴利を貪《むさぼ》っているそうじゃないか。その二店は虎人や獅子《しし》人が苦労して出している店だ。今回はお前の店が被《かぶ》れ」

職員は偉そうにふんぞり返って、顎《あご》をしゃくってさっさとしろとジェスチャーで命じてきた。

三枚の紙を受け取ろうとするロロの手から、掏摸《すり》スキルを使って二枚を抜き取り、丸めてから職員の喉元《のどもと》に突きつけた。

「お断りします。徴発令状に書かれた店にお出しください」

勇者屋の在庫は潤沢だし、経営の苦しい店の代わりに出してやるのは構わないが、彼の態度は少々いただけない。本当に潰《つぶ》れそうなら後でサポートしてやろう。

「なんだと、この『毛なし』風情が!」

激昂《げきこう》した職員がオレとロロに掴《つか》みかかってきた。

オレが組み伏せるより早く、一陣の風と共に現れたフェンが職員の頭を後ろから掴んで持ち上げた。

「ロロに何をしようとした」

「うが、うがががが」

職員が苦しそうだ。

よく見ると、フェンの爪《つめ》が硬そうな犀人の頭部にめり込んでいる。けっこう痛そうだ。

「フェンさん、そのくらいで」

このままだとスプラッタな状況になりそうだったので、フェンの拘束を解かせる。

「ぐう、この野郎！　お？　お、お前、いや、あなた様は大魔女様の食客の――」

怒り心頭で振り返った職員だったが、フェンが何者かを悟って顔を青く染めた。彼は権威に弱いみたいだ。

「――失《う》せろ」

フェンが短く告げると、職員は這々《ほうほう》の体で勇者屋を飛び出して行った。

レーダーを見ると、部屋の外に五体ほどのスケルトンが待機したままになっている。彼らが冒険者ギルドへの運搬をしてくれるだろう。

「あ、あの。ありがとうございます」

ロロがカウンターから外に出てフェンにお礼を言う。

「気にするな。お前に受けた恩の方が大きい」

「え？　私が何かしましたか？」

心当たりがない感じのロロをスルーして、フェンはオレを見た。

「外の敵は処理してやる――ロロを任せたぞ」

「はい、お任せください」

オレが請け合うと、フェンは入ってきた時と同じように風のように去っていった。

どうやら、ロロを心配して様子を見に来てくれたようだ。何かロロに恩を感じているようだったし、ロロが知らないうちに何かしてあげていたのかもしれないね。

「なんのご用だったんでしょう？」

「さあ？　ティアさんに『ロロの様子を見てきて』って頼まれたんじゃないかな？」

首を傾《かし》げるロロに、そう告げると、納得した様子でギルドに届ける徴発品の準備を始めた。

「そうなんですね。皆《みんな》、準備を手伝って」

「ロロ、手伝う」

「ロロ、頑張る」

「ロロ、好き」

ハムっ子達もロロについて倉庫へと向かった。

オレは魔法薬の準備を終わらせ、一般的な下級体力回復薬に相当する水増し魔法薬を樽《たる》で何個か出しておいた。

フェンが出るみたいだから長期戦にはならないと思うけど、冒険者が戦うなら怪我人《けがにん》が多く出るかもしれないからね。

「これで全部ですね。それじゃお願いします」

ロロが丁寧にお辞儀をすると、スケルトン達がカタカタと顎を鳴らしてから、ギルドに荷物を運んでいった。ホラーは苦手だけど、ここのスケルトンは愛嬌《あいきょう》があっていいね。

「さて、オレ達も避難しようか？」

「待ってください。まだお客さんが来るかもしれないから、もう少し店で待ちたいんです」

オレがいるからロロ達に危険はないし、ここは彼女の希望に添うとしよう。

「分かった。お客さんが来なくなったら、避難するんだよ？」

「はい、サトゥーさん」

お客が来たら渡せるように、何種類かお徳用セットを用意しておこう。

店に戻ろうとしたロロを呼び止める声がした。


「ロロ！　うちの息子を見なかったかい？」

蝋燭《ろうそく》屋のご婦人がロロを見て駆け寄ってきた。

確か彼の息子はロロの幼なじみで死霊術士だったはず。

「シャーシですか？　いいえ、見てませんけど」

ロロが首を横に振ると、ご婦人は縋《すが》るような目でオレを見た。

マップで確認すると、彼の息子は要塞《ようさい》都市とアンデッドの大群の中間地点くらいにいた。アンデッド・タウロスの背に乗って大群から逃げているらしい。この速度差なら、追いつかれる事はないだろう。

「息子さんは死霊術士ですよね？　もしかしたら、ギルドの方に招集されているかもしれませんよ？」

彼が要塞都市に帰還したら、所属するギルドに報告に行く可能性が高いし、下手に混乱する都市内を捜し回るよりは安全だろう。

「そうだね。ギルドに行って聞いてみるよ」

ご婦人は何度か礼を言った後、半信半疑の顔で去っていった。

彼女が去った後、常連客達が入れ替わり立ち替わり魔法薬や補助アイテム類を買い求めにやってきた。

「良かった、開いてた！」

「迷宮から戻ったばかりで補充してなかったんだ」

「いいのか？　ロロちゃん、こんなに貰《もら》って」

「はい、もちろんです。無事で帰ってきてくださいね」

「おう！　任せておけ、絶対にアーカティアは守ってやるぜ！」

常連客が笑顔で店を出て行く。

彼らにはおまけで、戦闘中でも囓《かじ》れる試作品のカロリーバーや屍毒《しどく》解除用の魔法薬や体力回復薬を多めに持たせ、幸運のルーンを刻んだお守りの木札を渡してある。材料はさっき大量確保してきたばかりなので問題ない。オレの労力以外のコストはほぼゼロだ。

ここの常連客はロロに「毛なし」とかの差別発言をしないから、ついつい手厚いサポートをしてしまう。

客対応をしつつ、アリサ達に空間魔法の「遠話《テレフォン》」で要塞都市の現状を伝えておく。

『大変じゃない！　ご主人様がいたら大丈夫だろうけど、わたし達も早めに探索を切り上げて戻るわ』

『いや、そこまで大変じゃないから、急がなくても大丈夫だよ』

『それじゃ、怪我をしない程度に急ぐわ』

アリサはそう言って通話を切った。アリサ達の現在位置なら、目的の蛙《かえる》がいる場所まであと少しだから、それほど手間取る事はないだろう。

客が少し引けた頃《ころ》、遠くから銅鑼《どら》の音や爆発音のようなモノが聞こえてきた。

「戦闘が始まったみたいですね」

「心配いらないよ、ロロ。常連達やティアさん達の力を信じなきゃ」

空間魔法の「遠見《クレアボヤンス》」と「遠耳《クレアヒアリス》」で戦況を確認しよう。

◆

『闇雲《やみくも》に攻撃するな！　指揮官の指示に従え！』

防衛隊や冒険者達は卵殻外壁に作られたバルコニー状の楼閣から、地上を進むアンデッドの大群に攻撃しているようだ。

『弓は魔法を付与するか腐敗促進薬を鏃《やじり》に塗ってから射ろ！　そのままだとアンデッドには効かん

ぞ！』

『火魔法隊は火杖《ひづえ》隊と一緒に敵の前線を焼け！　間違っても茨《いばら》結界を焼き払って相手の進軍を早めるな！　飛行型のアンデッドは風魔法使いに任せるんだ！』

『土魔法隊、水魔法隊はアンデッドの進軍を阻害する事に注力しろ！』

『光魔法隊は攻撃ではなく、防御魔法に徹するんだ！　やつらは闇魔法や呪詛《じゅそ》を放ってくるぞ！』

ベテラン達が駆け出しやアンデッド戦に不慣れな者達にアドバイスしている。

その甲斐《かい》あってか、彼らの攻撃はアンデッド達の前線を順調に蹂躙《じゅうりん》しているようだ。

フェンは長距離攻撃手段がないのか、防衛隊指揮所の横で腕を組んで戦場を見つめているだけで、まだ戦闘に参加していない。

大魔女も上級魔法で雑魚を蹂躙していないようだ。

魔力や戦力を温存しているというよりは、自分達が手を出さない事で部下達の成長やレベルアップを促している感じだろうか？

今のところ、指揮官が有能だからか、軽傷以外の犠牲を出さずに戦闘が進んでいる。

だが、数の暴力はいかんともしがたいらしく――。

『アンデッドの先頭が外壁に張り付きました。の、登ってきます！』

急勾配《きゅうこうばい》の外壁をアンデッド達が這《は》い上がってくる。

『油を使いますか？』

『そうだな――いや、待て』

指揮官のところに、小鳥が飛んできて肩に止まった。

『大魔女様から指示があった！　壁に張り付いたアンデッドは無視しろ！　今まで通り接近するアンデッドの対処だ！』

大魔女への信頼は厚いらしく、防衛隊も冒険者も疑問を挟まずに命令に従った。

壁を這い上がるアンデッドがバルコニー近くまで来た時、壁が光ってアンデッド達を弾《はじ》き飛ばした。アンデッド達が最大十数メートルの高さから落下し、外壁下のアンデッド達の上に落下して大ダメージを受けて動かなくなる。

なるほど、なかなか効率的な倒し方だ。

まだまだ敵の主力は出てきていないけど、この調子ならわざわざオレがお節介を焼く必要はないだろう。後詰めにはフェンや大魔女もいるしね。

◆

「ロロ、悲鳴」

「ロロ、外が変」

「ロロ、怖い」

ハムっ子達の声を聞いて、空間魔法の視覚や聴覚から通常に戻す。

入り口から通りを覗《のぞ》いていたハムっ子達が駆け戻ってくる。

——赤い光点。

レーダーに赤い光点が次々と生まれていく。

オレは縮地で入り口に移動し、ハムっ子達を追って現れたスケルトンを、破壊しないように注意して通りに蹴《け》り出した。

通りに誰《だれ》もいないのを確認して、粘着網の魔法でスケルトンを縛り付けた。誰かのご先祖の骨だと思うと、手荒に扱うわけにもいかない。

「あれって配達屋さんの——」

後ろからロロの呆然《ぼうぜん》とした呟《つぶや》きが聞こえてきた。

言われてみれば、確かに捕縛したスケルトンは配達屋のタスキをしている。

再び悲鳴が聞こえた。

「ロロ！　扉を閉めて待っていてくれ！」

オレはそう叫んで悲鳴の方へと駆ける。

よく見かけるご近所の鹿《しか》人女性がスケルトンに押し倒されていた。

先ほどと同じようにスケルトンを引き剥《は》がし、女性から見えないように注意して粘着網で固定した。

「今のうちに家に避難してください」

「は、はい！　ありがとう。勇者屋さん」

女性は乱れた衣服を直しながら、彼女の家に駆け込んでいく。

オレの事もご近所の人間だと認識してくれていたようだ。

マップを確認すると、要塞都市中のスケルトン達が近くの人間を襲い、各所で戦闘が発生している。

思ったよりも被害が出ていないのは、外壁に詰めていた冒険者達の一部が都市内に戻ってきているからだろう。

いつもなら対人制圧用の「誘導気絶弾《リモート・スタン》」を連打するところだが、相手が低レベルのスケルトンだと完全破壊しかねない。遺族の思いを考えると、軽々にそれを選択する事も憚《はばか》られるが、このままだと市民に被害者が出てしまいそうだ。

「きゃああ」

勇者屋の方からロロの悲鳴と、何かが壊れる音がした。

勇者屋の裏庭からスケルトンが侵入したのだとレーダーが教えてくれた。

オレは縮地で勇者屋に戻り、スケルトンを粘着網で無力化する。もっとも、既に警備用ゴーレムに取り押さえられていたので、ゴーレムまで粘着網に捕らえてしまった。

「大丈夫か？　ロロ？」

「は、はい、大丈夫です」

ハムっ子達はファイティングポーズのままロロの足下で気絶していた。恐怖に負けてしまったのだろう。

こんな事なら勇者屋を要塞化しておくんだった。

不満そうな雰囲気のゴーレムを粘着網から解放してやり、捕らえたスケルトンをさっきのと一緒に縛って外に転がしておく。

「通りの安全を確保したぞ！　逃げ遅れている市民は早く最寄りのギルドに避難しろ！」

通りから男達の声がした。市役所の職員というか、大魔女直属の従者達のようだ。

そういえばオレが帰ってきた時に、ノナさんが「早めにギルドに避難するんだよ」ってロロに言っていたっけ。

「それじゃ、オレ達も冒険者ギルドに避難しよう」

「はい、分かりました」

オレはハムっ子達を二人抱え、ロロは末っ子ハムを抱いて勇者屋を出発した。

マップで見る限り、スケルトン達は生者に惹《ひ》かれるらしく、人のいない建物には侵入していない。

ギルドを目指して歩いている内に、自然と同じように避難している人達と一緒に移動する事になった。

たまに避難する人に襲いかかるスケルトンがいたが、オレがお節介を焼くまでもなく腕っ節に自信のある獣人男女が蹴散らしていた。迷宮の中にある都市で暮らすだけあって、血の気の多い人がいるようだ。

「――あっ」

ロロの視線の先に木材置き場があり、その陰に死霊術士の若者がいた。

小さく丸まって、ブツブツと何かを呟いている。

「シャーシ？」

蝋燭《ろうそく》屋のご婦人が捜していた息子の死霊術士だ。

ちゃんとアンデッドの大群から逃げて、要塞《ようさい》都市に逃げ込めたらしい。

「少し様子が変だ。ロロはこの子達とここで待ってて」

オレは気持ちよさそうに眠っているハムっ子達をロロに預け、若者——シャーシの方に向かう。

「ボ、ボクは悪くないっす。悪いのはザンザサンサっす。あいつがやれって言ったんっすよ。ボクは悪くないっす」

罪の意識に押し潰《つぶ》されそうになって現実逃避をしている感じかな？

知らない名前が出たので検索してみたら、外にいるアンデッドの大群の後方にザンザ某《なにがし》がいた。

「——君達が今回の件の首謀者なのか？」

「だ、誰っすか？　ボ、ボクは知らないっす。ボクのせいじゃないっす。ボクは悪くないんすよ」

直球で聞いてみたが、余計に現実逃避が激しくなっただけだった。

「それじゃ、誰が悪いんだ？」

「だ、誰？　ザ——誰も悪くないっす。悪いのは社会っす。腐った社会がボク達を搾取するんすよ」

仲間は売れないのか、責任をなすりつける相手を社会に変えてしまった。

「シャーシ！」

通りの向こうから、蝋燭屋のご婦人が息子を見つけて駆け寄ってきた。

死霊術士ギルドに彼がいなかったから、この混乱の中を捜し回っていたらしい。

「か、母さん……」

「無事で良かった」

ご婦人がシャーシを抱き締める。

「離れろよ！　どうして来るんだよ？　なんでいつもいつもそうやって！　皆《みんな》、ボクを馬鹿《ばか》にするんだ。一人では何もできないって、一人前の仕事もできない半端者だって、どうして皆、ボクを認めてくれないんだ！」

シャーシがご婦人を突き飛ばし、空に向かってわめき始めた。母親相手だと口調が違う。

逃避するにしても様子がおかしい。精神に変調を来しているにしても、何か厭《いや》な感じがする。

瘴気視《しょうきし》を有効にすると、シャーシの胸元に濃い瘴気の淀《よど》みがあった。

「ちょっと失礼――」

――げっ。

胸の中心に、彼のものではない青黒い手が癒着している。瘴気の発生源はこれだ。

もしかしたら、これがスケルトン暴走の原因かもしれない。オレは精霊光を全開にして、広がっていく瘴気を浄化した。

「シャーシ！　そ、その手はどうしたんだい？」

ご婦人がシャーシの胸元を凝視しながら尋ねた。

「うるさい！　母さんには関係ないだろ！」

「それで、その胸に張り付いた『手』はどうした？」

キレるシャーシに再度問いかけると、熱に浮かされたような顔で正直に答えてくれた。もしかしたら、尋問スキルの効果が出たのかもしれない。

「仲間が植え付けたんす。ボクに大役を与えるって言って。ボクは嫌だって言ったんっすよ。でも断ったらボクもゾゾみたいに呪具《じゅぐ》に変えられちゃうっす」

シャーシがはだけられた上着を抱き締めるように閉じて、ぶつぶつ呟くように答える。

どうやら、彼は仲間に道具として使い捨てにされたようだ。

「どうして――」

「触ってはいけません」

呪具の手に触れようとした母親を引き離し、オレは懐経由で取り出した聖碑で浄化の光塔を生み出した。ちょっと派手だが、誤魔化《ごまか》すにはこの方がいい。

呆気《あっけ》にとられるシャーシを「理力の手」で拘束し、パリオン神国で勇者の身体《からだ》から魔神残滓《ざんし》を取り除いた時の要領で、呪具の手をシャーシの胸から引き剥がす。ちょっと手こずったけど、魔神残滓に比べたら楽勝だ。

光魔法の「幻影《イリュージョン》」で呪具の手や聖碑が灰になる映像を重ねながらストレージに収納した。

オレは光を消し、「除去できました」とシャーシの母に告げる。

母親が息子に縋《すが》り付いて泣いた。

「さっき大役って言っていたね？　君の役目はなんだったんだ？」

たぶん、スケルトンの暴走事件がそうだと思うけど念の為《ため》に確認する。

「知らないっすよ！　都市の奥深くに行けとしか言われてないっす！」

「それで唯々諾々と従ったのか？」

せめて自分の身に何が起こるのかくらいは聞いてるかと思ったんだけど。

「従うしかないんすよ！　ボクは死にたくないっす。死んだら、アーカティアで酷使される他《ほか》の死人みたいに、いつまでも永遠に他の死霊術士達の奴隷にされてしまうんすよ。奴隷になるのは嫌っす！」

途中からはキレ気味に内心を吐露する。涙で顔がぐしゃぐしゃだ。

「父ちゃんは奴隷なんかじゃないぞ！　父ちゃんは死んだ後も俺達の幸せの為に頑張ってくれているんだ！」

激昂《げきこう》した子供が割り込んできてシャーシの首根っこを掴《つか》んだ。

いつの間にか、周りで何人もの人が足を止めてこちらを見ていた。さっきの聖碑が人を集めてしまっていたらしい。

「小僧の言う通りだ。俺の父母もスケルトンになって俺を育ててくれた。俺が一人前になった後は役目を終えて、アーカティアの墓所で安らかに眠っている。絶対に奴隷なんかじゃない」

熊人の男性がシャーシから子供を引き離して、静かな口調で言う。

「死霊術士の先生が言ってたよ。死者には敬意を持って接するんだって。ここは迷宮の真ん中にある都市だ。いつ子供達を残して死んじまうかもしれない。でもね、そうなっても死霊術士達がいれば、死んだ後も子供達を育てる助けになれるんだよ」

違う女性が誇らしげな顔でシャーシに言う。

「あんたもアーカティアで暮らす死霊術士なら、それくらい知っているはずだ」

理知的な顔をした鰐《わに》人の男性が、そう言って諭す。

「……違うんすよ」

シャーシが疲れた顔で首を横に振る。

「何が違う?」

「あんた達は死人の声が聞こえないからそう言うんす」

思い詰めた顔で、シャーシが吐き捨てるように言う。

「アンデッド達は、あの人達はいつも怨嗟《えんさ》の声を上げているっす。あんた達は死霊術士ギルドや大魔女に騙《だま》されているんすよ」

「そんな事ない!」

「そうだ、そうだ!」

シャーシの衝撃的な発言を、周りの人達が否定する。

「これを見ろ。俺のお袋は年季明けで墓に帰ったが、このお守りに宿って今でも俺達を見守ってくれている。お守りから伝わってくる温かな気持ちが偽物だなんて事はない」

ゴリラ人の男性が胸元から骨製のお守りを取り出して掲げた。

瘴気視スキルの効果が残っていたのか、お守りと重なるように女性らしき姿がぼんやりと見える。

「お前が本当に死霊術士だったら、お袋の声が聞こえるはずだ」

「もちろん、聞こえるっす。今も苦しんでいるっすよ」

——違う。

お守りに宿る母親は、瘴気視で型抜きしたように真っ白に見える。

瘴気——つまり、負の感情や淀みを帯びていないという事だ。

「なんだとぉおおお！」

「怒ったっすか？　でも、事実っす」

男性に胸ぐらを掴まれても、シャーシは嗜虐《しぎゃく》心に歪《ゆが》んだ卑屈な笑みを浮かべて相手を見上げる。

煽《あお》っているというよりは、無知蒙昧《むちもうまい》な相手を哀れむような感じだ。

——もしかして。

瘴気視でシャーシを詳しく確認したら、蜥蜴《とかげ》顔の眉間《みけん》の窪《くぼ》みに小さな小さな瘴気の淀み——呪《のろ》いが刻印されているのに気付いた。

「待ってください」

「邪魔するな！」

「すぐに済みます」

抱き着いたシャーシの母親に邪魔されて、振り上げた拳《こぶし》を叩《たた》き付けられずにいたゴリラ人を横に退《の》け、オレはシャーシの額に手を伸ばす。

「やめとくれ！　この子は優しい子なんだよ」

後ろからシャーシの母親が懇願する。

「額のこれは死霊術士なら誰《だれ》でも刻印するものかい？」

「ひ、額？　ボクの額に何かあるっすか？」

本人が知らないなら、誰かに呪われたのかな？

前にラクエン島のレイから呪いを解いた時より、遥《はる》かに簡単にシャーシの呪いを除去できた。

呪いを解いた瞬間に、顎髭《あごひげ》が生えた蛙《かえる》の悪霊みたいになって襲ってきたが、軽く手で払うだけで散ってしまったので問題ない。

「――ザンザサンサ？」

悪霊を見たシャーシが呟《つぶや》きを漏らした。

たぶん、悪霊の顔に見覚えがあったのだろう。

「気分はどうだい？」

「なんだか、頭が軽いっす。何をしたっすか？」

「君は呪われていたんだよ。彼のお守りをもう一度見てごらん」

言われるがままにお守りに視線を移したシャーシが愕然《がくぜん》とした顔になった。

「さ、さっきの人っすよね？」

シャーシがお守りに宿る女性の霊と会話する。

「う、恨んでないんすか？　満足しているんっすか？」

オレには何も聞こえないから、きっと何かスキル外の才能があるんだと思う。

「本当に奴隷じゃ、なかったっすか……」

彼は滂沱《ぼうだ》の涙を流しながら、人々に恥じるように顔を伏せた。

誤解が解けたようで何より。それにしても、誰が呪いを掛けたのかしらないけど、罪深い事だ。


「見つけたぞ！　悪の死霊術士め！」


司祭服を着た男が人垣を割って現れた。

確か大魔女が招聘《しょうへい》した司祭だったはず。

「その瘴気！　間違いない！　都市内の死霊を操っておるのはお前だな！　ヘラルオン神の名の下に成敗してくれる！」

気炎を上げる司祭が、持っていたメイスをシャーシに突きつけた。

聖碑の光を消すのが早かったかな？

「ま、待ってください神官様！」

「邪魔をするな、女！」

司祭はシャーシを庇《かば》う母親を鬱陶《うっとう》しそうに見た後、メイスで殴りつけようとしたので、割り込んでそれを阻止した。

「なんのつもりであるか？」

司祭が自分の前に立ち塞《ふさ》がったオレを睨《にら》み付けてきた。

「短絡的な暴力はおやめください」

「邪魔をするな、小僧！」

再びメイスで殴ってきたので、受け流して押さえ込んだ。

「ワシの尊い正義遂行を邪魔するのか！」

「暴力に訴えようとするからです」

「貴様になんの権限がある！　ワシは大魔女アーカティアに請われてやってきてやった司祭様だぞ！」

それは知っている。でも、ティアさんの話だと、彼を招聘したのは「邪神殿」の高位アンデッドを浄化する為だったはずだ。

「大魔女様があなたに都市内で暴れるスケルトンを処理するように命じたと？」

「め、命じられてはおらん！　ワシは善意と使命感から、人々を襲う邪悪なアンデッドどもを退治してやったのだ」

司祭がもごもごと言った後、自分の功績を自慢してふんぞり返った。

「そうだ！　俺は見たぞ！　こいつが神聖魔法でスケルトン達を灰に変えた！」

「その通り！　我が聖なる力で邪悪なアンデッドどもを蹴散《けち》らしたのだ！」

司祭は称賛されていると思っているようだが、告発した青年の顔は憎悪で染まっていた。

「そうだ。お前が灰にしちまった……俺は、俺の父さんともう会う事はできねぇ」

「な、何を？」

「あたいのお祖父ちゃんを返せ！」

「おいらのお祖母ちゃんもだ！」

子供達が司祭に石を投げる。

たぶん、彼らの祖父母のスケルトンを司祭が浄化してしまったのだろう。

「ワ、ワシは司祭として当然の――」

「俺は知ってるぞ！　お前達が外のアンデッドをアーカティアまで連れてきたんじゃないか！」

言い訳しようとする司祭の言葉を別の獣人男性が遮った。

「なんだって？　こいつらのせいだったのか！」

「ち。違うぞ！　それは誤解だ！」

司祭が必死に抗弁する。

キョドキョドと周囲に視線を彷徨《さまよ》わせる様子からして、アンデッドを要塞《ようさい》都市まで引き連れてきたのが彼らというのは事実みたいだ。

「ええい！　黙れ黙れ黙れ！　元はといえば、死霊術士のせいではないか！　そうだ！　こやつがスケルトン達を凶悪化させたに違いない！」

司祭は矛先を逸《そ》らそうと躍起だ。

だが、スケルトンとなっていた家族の遺骨を灰にされた者達の怒りは収まらず、司祭達への投石が激しくなった辺りで、彼らは這々《ほうほう》の体で逃げ出した。

「シャーシ、本当にスケルトン達が人を襲ったのはあんたのせいなのかい？」

「違う！　ボクは悪くない。ボクに呪具《じゅぐ》を植え付けたヤツのせいだ！　ボクは被害者なんだ。ボクは――」

「シャーシ！」

再び被害者ムーブを始めたシャーシの頬《ほお》を母親の手が叩いた。

乾いた音が響き、繰り言を続けていたシャーシが呆気にとられた顔で口を閉じる。

「一人前の男なら、自分でやらかした事の責任を取りな！」

「母、さん？」

「あたしがあんたの罪を半分背負ってやる。だから、逃げずに自分の罪を償うんだよ」

「母さん――」

母親に叱《しか》られたシャーシが言葉を詰まらせる。

「分かった、責任を取る。これを使えば騒動を終わらせられるってザンザサンサが言っていた。ボクの命を糧に――」

決死の顔で発動させようとしたシャーシの手から、短角を掠《かす》め取る。

「何をするっすか！」

「これは人を魔族に変える邪悪な魔法道具《マジック・アイテム》だ。これを使っても騒動は終わらないよ。むしろ、さらに攪乱《かくらん》する事が目的だったんじゃないかな？」

「そんな……」

シャーシが地面に手をついてうなだれた。

ザンザサンサという人物は、シャーシを完全に捨《す》て駒《ごま》としてしか見ていないようだ。さっき呪いを解いた時に出てきた悪霊を見て、シャーシがその名前を呟いていたし、彼を呪ったのもその人物に違いない。どうやら、かなり悪辣《あくらつ》な人物のようだ。

マップ検索したけど、要塞都市内には短角《ショートホーン》も長角《ロングホーン》も存在しない。ザンザサンサとやらがアイテムボックスや魔法の鞄《マジック・バッグ》内に隠し持っている可能性があるから、その点を防衛隊の偉い人に伝えないとね。

「ザンザサンサは何を目的にしているか分かるかい？」

「ここっす。ザンザサンサはアーカティアを落とすって言ってたっすよ」

「占領してどうするんだい？」

「それは知らないっす。王様になりたいんじゃないっすか？」

黒幕の目的は要塞都市アーカティアの陥落と占領か……。他にも目的があるかもしれないけど、それは本人に確認すればいいだろう。

「何をしている！　さっさとギルドに避難しないか！」

大魔女直属の従者達が集まっていた人々を促す。

シャーシは母親に連れられて自首していった。

彼にどんな罰が下るかは知らないけれど、それは大魔女や都市の司法が決める事だろう。

オレはロロを守りながら、ギルドへと避難した。

◆

「ここは建物の周りに水堀や防壁があるから安全ですよ」

冒険者ギルド職員の兎人女性が、朗らかな声で避難してきた人達に声を掛けている。いわゆるギルドの受付嬢ってヤツだろう。もふもふだけど。

「それにここは悪いアンデッド達が襲っている場所から一番遠いから、一番安全かもしれないですね～」

兎《うさぎ》職員がにこりと笑う。

「街の騒ぎも収まったみたいですけど、安全の為《ため》に、しばらくここで休んでいてくださいね」

マップで確認したところ、アーカティア内のスケルトン達は落ち着きを取り戻し、死霊術士ギルドの地下霊 廟《れいびょう》に隔離されているようだ。

――ん？

防衛隊や冒険者と戦っているアンデッドの動きがおかしい。

まだジャングルの中から出ていないアンデッド達の一部が二つに分かれて、要塞都市を迂回《うかい》するような動きを見せている。黒幕の死霊術士ザンザサンサは動いていないようだ。

片方は時計回りでこちら側に向かっており、もう片方は反時計回りで同じように移動していたのだが、途中で迷子になったのかちょっとずつ要塞都市から離れていっている。アンデッドになっても方向音痴なヤツはいるみたいだね。

「サトゥーさん、炊き出しの手伝いに行きませんか？」

「そうだね。良い考えだ」

「ロロ、手伝う」

「ロロ、任せて」

「ロロ、お腹《なか》減った」

ハムっ子達も引き連れてロロと一緒に炊き出しの手伝いに行く。

三人とも腹ぺこな感じだったので、枝キュウリを一本ずつプレゼントしてやる。

「野菜の皮剥《かわむ》きくらいはできるかい？　できないなら、こっちで野菜を洗っておくれ」

おばさんに指示されて皆《みんな》で作業を手伝う。

ハムっ子達も野菜を洗うのは得意なようだ。涎《よだれ》が垂れているけど、さっき枝キュウリを食べたばかりだからつまみ食いをせずに耐えている。

作業をしながらマップを確認すると、アンデッドの別働隊に対処するべく、銀虎《ぎんこ》級の冒険者パーティーが幾つかこちらに派遣されていた。これなら大丈夫だろう。

「良い手つきだね。料理もできるんだろ？　こっちで一品作っておくれ」

「おいおい、勘弁してくれよ。『毛なし』に調理させるのかよ」

近くを通りかかった冒険者が心ない暴言を吐く。

「手伝いもしないヤツが文句を言うんじゃないよ！　『毛なし』上等じゃないか！　この子達なら

毛が抜けて料理に入る事もないからね！」

調理の指揮を執るおばさん職員が叱りつけると、暴言冒険者は文字通り尻尾《しっぽ》を巻いて逃げていった。

「『毛なし』なんて言って悪かったね。獣人が皆、あんたらを嫌っているって訳じゃないから誤解しないでおくれ」

「ええ、分かっていま――」

外のアンデッドが外壁の中に侵入した。

「どうしたんだい？」

「ちょっと腹の具合がおかしくて――少し離れるので、後をお願いしてもいいですか？」

「ああ、構わないよ。早く行ってきな」

「すみません」

オレはトイレの個室に飛び込むと同時に、空間魔法の「帰還転移」で勇者屋へと戻り、そこから風のような速さでアンデッドの侵入地点へと急いだ。

どうやら、アンデッド達は密輸業者が掘った地下通路を通って侵入したらしい。

セーリュー市や迷宮都市セリビーラでもあったけど、この手の人間が一番のセキュリティーホールを作るよね。

「くそっ、武器が効かねぇ！」

「呪符巻け、呪符！　大魔女様特製の呪符を巻いたらゴーストだって斬《き》れるぞ！」

獣人の冒険者達が二十数体のアンデッドと戦っている。

身バレを防ぐ為に、外套《がいとう》のフードを目深に被《かぶ》った。

「勝てない相手じゃないぞ！　こっちには『金獅子《きんじし》級に最も近い男』獅子人のタンパーさんがいるんだからな！」

「ふははは！　煽《おだ》てるな、煽てるな！」

笑いながら無双している獅子人がいる。

骨の大剣を振り回すたびに、アンデッドが破壊されて転がっていく。レベル三七もあるし、雑魚アンデッドなら一人でも余裕だろう。

「次は鎧《よろい》を着ているな！　騎士のつもりか、ふははは！」

獅子人が地下通路の出口から顔を出した騎士タイプのアンデッドに躍りかかった。

――まずい。

「油断するな！　そいつは別格だ！」

あれはタウロス・チャンピオンと同クラスの敵だ。彼には少し早い。

オレの警告が聞こえたのか、無防備な胴を薙《な》ぎに来た呪詛騎士の片手剣を骨の大剣で受け止めてみせた。

「片手でこれかよ」

「まだ来るぞ！」

呪詛騎士が盾を持った方の手から、呪詛《じゅそ》弾を撃ち出してきた。

「じぇっとおおおおおお！」

獅子人がよく分からない叫びを上げながら漆黒弾をギリギリで回避した。初見で五レベルくらい格上の呪詛騎士を相手によくやっている。

だが、彼にできたのはそこまでだ。

「あびぇえええええええー」

呪詛騎士の蹴《け》りを喰《く》らった獅子人が弧を描いて冒険者の頭上を跳び越えた。

変な叫びは彼の癖なんだろうか？

「タ、タンパーさんが！」

「タンパーさんの仇《かたき》ぃいいいい！」

死んでない死んでない。ちょっと打撲を負って呪《のろ》われただけだ。

獅子人のパーティーメンバー達が呪詛騎士に突撃しようとしたが、他《ほか》のアンデッドがその前に立ち塞《ふさ》がった。敵ながらナイスだ。

オレはその隙《すき》に呪詛騎士の前に縮地で近寄り、たっぷり魔力の魔刃を纏《まと》わせた妖精《ようせい》剣で相手の盾や鎧ごとサクッと両断する。

そのまま通路に飛び込み、残りの呪詛騎士九体もまとめて始末しておいた。

まだ雑魚アンデッドが残っているけど、残りはさっきの冒険者達でなんとかなりそうなので、勇者屋に「帰還転移」してこっそりと冒険者ギルドへと戻る。もちろん、トイレ個室の鍵《かぎ》は「理力の手」で解除してあるので安心してほしい。

「支部長！　タンパーさん達が都市内に侵入しようとしたアンデッドの群れを倒したそうです」

「ほう、タンパーがか。そろそろ金獅子級への昇進試験を受けさせてもいいかもしれんな」

完成した料理を配膳《はいぜん》していると、兎職員のお姉さんが熊人のギルド支部長に報告するのが聞こえてきた。あの獅子人は無事に戦線に復帰したらしい。やっぱり獣人はタフだね。

「支部長！」

職員がギルド支部長の下に駆け寄って耳打ちした。

「大魔女様の使い魔が来ました。ついにアンデッドどもが外壁の楼閣に乗り込んだそうです」

「ちっ、朗報の後にコレかよ。それでヤバそうなのか？」

「今のところ持ちこたえているそうですが、樹海の木々の陰にどれだけのアンデッドが残っているのか分からないのが、不安材料との事です」

「それで、こちらへの要望は？」

「あちら側の支部に避難している市民達の追加受け入れと、先ほどタンパー達が塞いだ通路以外に侵入経路がないか調べてほしいとの事です」

「分かった。そう伝えてくれ」

支部長が秘書官と備蓄食糧や人員配備の打ち合わせを始める。

オレは配膳を続けながら、空間魔法の「遠見」と「遠耳」で最前線の状況を確認した。

◆

『盾持ちは体当たりしてでも、アンデッドどもを止めろ！　近接の連中も無理に倒そうとせず、下に叩《たた》き落とせ！』

初老の指揮官が声も嗄《か》れんばかりに大声で叫ぶ。

防衛隊や冒険者達は自分達に数で勝るアンデッド達の攻撃をかいくぐり、隙を見つけては担ぎ上げて下に叩き落としている。

『うわっ、来るな来るな！』

蜘蛛《くも》型のアンデッドに接近された鼠人の火杖使いが悲鳴を上げる。

牙《きば》から麻痺《まひ》毒を垂らしながら、蜘蛛が鼠人を押し倒した。

『うらああ！』

悲鳴を聞きつけた餓狼《がろう》級冒険者のノナさんが、体当たりで蜘蛛を鼠人の上から排除した。

ギチギチと音を立てた別の甲虫が背後からノナさんに襲いかかる。

それを鼠人が地面に転がったまま放った火弾が迎撃した。

『詰めが甘いぜ、毛なし？』

『あんたも後ろがお留守だよ、鼠《ねずみ》』

ノナさんの突きが猿型のアンデッドの持つ骨剣を弾《はじ》き上げ、つばぜり合いで無防備になった猿アンデッドの胴体に鼠人の火弾が命中し、止《とど》めを刺す。

そんな泥臭い戦いが最前線のそこかしこで繰り広げられ、危ないながらもなんとか均衡を保っていた。

『なんだ、ありゃ？』

アンデッドを一体倒し終わった冒険者が、ジャングルとの境に陣取ったアンデッドの本陣を見て動きを止めた。

そんな冒険者に襲いかかったアンデッドを、別の冒険者が排除する。

『おい！　よそ見をするな、死にたいのか！』

『すまん。それより、あれを見ろよ』

『なんだ？　何やってるんだ、あいつら？』

アンデッドの本陣にいる一〇体ほどの呪詛騎士の何体かが鎧を脱ぎ捨てている。

『暑さでおかしくなったのか？』

『露出狂なんじゃねぇか？』

冒険者達は異常行動を取る呪詛騎士を気にしつつも、襲いかかるアンデッドの相手をする。

横目で見る視界の先で、鎧を捨てた呪詛騎士達が全速力で駆け出し、大型の古陸獣を踏み台にして大ジャンプするのが見えた。

『ばっかでぇ、届かねぇよ』

『アンデッドになって頭が腐ってんじゃねぇの？』

冒険者達が嘲笑《ちょうしょう》しながら、目の前のアンデッド達を始末する。

そんな冒険者達を見守っていたフェンが、一つため息を吐《つ》いてもたれかかっていた壁から背中を離した。

放物線の頂点を越えた三体の呪詛騎士が次々と落下を始める。

そのまま地表に落下すると思われた呪詛騎士だったが――。

『空中を蹴った？』

『やべぇぇえ』

『来るぞ！』

空中で再加速した呪詛騎士が、楼閣を守る障壁を突き破って乱入してきた。

フェンが先頭の一体をカウンターで蹴り飛ばして叩き落とし、侵入に成功した二体の呪詛騎士の内、片方を勇者屋で買った骨大剣で斬り伏せた。

残り一体が漆黒の弾丸を連射しながら襲ってくるが、その全《すべ》てを骨大剣で受け流す。

呪詛騎士はそのままフェンの傍らを通り過ぎようとするが、急に足をもつれさせて転倒した。よく見ると下半身が凍り付いている。

冒険者達はあまりの急展開に反応できずに、その光景を見つめる事しかできない。

『見ていないで始末しろ』

フェンに促されて冒険者達が呪詛騎士に次々に剣を叩き付けて討伐する。

『よっしゃあああああ！』

『フェンさんがいたら、騎士が来ても勝てるぞ！』

『残りのアンデッド騎士は七体だ！』

『皆《みんな》、気合いを入れろ！　やるぞ！』

『『『おおおおお！』』』

士気の上がる冒険者達が雄叫《おたけ》びを上げる。

だが、戦場は無情だ。樹海の境界から、ぞろぞろと呪詛騎士達が姿を現した。

『おいっ！　あ、あれを見ろ！』

その数は五〇体以上。奥からまだまだ増える。

防衛隊や冒険者達の顔に絶望が浮かび、余裕の顔で戦場を見ていたフェンの顔にも緊張と覚悟が過《よぎ》る。


――そこに閃光《せんこう》が走った。


閃光に続いて轟音《ごうおん》と地鳴りが響き、少し遅れて熱風が吹き付けてきた。

白い炎が樹海と要塞《ようさい》都市の間を焼き払い、地面が溶岩のように燃えている。

『大魔女様だ！　大魔女様の魔法だぞ！』

『――いや、違う』

そう呟《つぶや》いたのはフェンだ。

事実、炎の魔法は要塞都市アーカティアとアンデッド達を結ぶ線の真横から来た。

横一文字に燃え上がる森を見つめるが、その原点は樹海の奥に隠れて見えない。

『炎の魔法？　大魔女様なら大地の魔法を使うはずじゃないか？』

『だけど、これだけ大規模な魔法を大魔女様以外の誰《だれ》が使えるって言うんだ』

『それはそうだけど――』

再び地鳴りがして、今度は大瀑布《だいばくふ》もかくやという水しぶきをまき散らしながら津波が現れた。

『今度は水の大魔法？』

『い、いったい何が起き――』

楼閣から目撃した者達がコメントをする前に、津波の先端が溶岩状の大地に触れた。

――その瞬間。

気化した水が圧倒的な爆風となって地上を席巻《せっけん》し、木々を吹き飛ばし、大地を揺らして、遠く離れたオレがいる避難所を直下型地震のように揺らした。

まあ、毎度おなじみの水蒸気爆発ってヤツだ。

白く染まっていた視界が波紋状に往復する空気の波によって晴れ、無惨な大地が露《あら》わになった。

ジャングルの木々どころか、地面まで引き剥《は》がして地形を大きく変えている。

地上にいた一万体近いアンデッドのほとんどはバラバラに解体され、残っているのは運良く遮蔽《しゃへい》物の陰にいた一握りだけ。

要塞都市アーカティアを守る卵殻外壁も、砕けた木々や岩石がぶつかって表面がボコボコになっていた。大魔女の障壁が残っていた場所も無傷じゃないあたり、水蒸気爆発の威力をよく物語っている。

さっきまで最前線だった楼閣もボロボロだが、不幸中の幸いで死者はいない。衝撃波や轟音で鼓膜が破れている者が少なくないが、重傷を負って瀕死《ひんし》の淵《ふち》を彷徨《さまよ》っている者はいないようだ。もしかしたら、大魔女が障壁を張り直してくれていたのかもね。

『いったい、何が起こったんだ……』

『……大魔女様じゃないのか？』

楼閣の生き残りが、目を回しながらぼやくのが聞こえた。

オレは「遠見」と「遠耳」の焦点を魔法の始点へと移す。

そこにいたのは白銀。

『うっしゃー！　掴《つか》みはばっちり！』

腕を振り上げるのは紫髪の幼女アリサだ。

『行くわよ、皆！』

『『『応！』』』『なのです！』

白銀の鎧《よろい》を着込んだ仲間達が、アリサの空間魔法で戦場へと転移した。

さすがはアリサ。美味《おい》しいところを持って行くね。

◆

『さあ、騎兵隊の登場よ！』

高温の蒸気を吹き飛ばし、戦場に現れたアリサが高らかに宣言した。

西部劇じゃないんだから、「騎兵隊」なんて言っても通じないと思う。

『残りは骸骨《がいこつ》の騎士――呪詛騎士だけか。皆！　呪《のろ》い攻撃や毒攻撃をしてくるから、攻撃を喰《く》らわないように注意して！』

アリサが「能力鑑定《ステータス・チエック》」スキルで得た情報を仲間達と共有する。

彼女が言うように、アリサとミーアの放った禁呪《きんじゅ》によって、既にアンデッド達の大部分は殲滅《せんめつ》済みだ。残っているのは遮蔽物の陰にいた呪詛騎士達が三〇体と怨念鎧亀《グラッジ・タートル》という民家サイズの巨大亀が一匹だけ。

もっとも、どれも無傷のはずはなく、身体《からだ》中から湯気を上げる呪詛騎士達は残りの体力が一割を切り、怨念鎧亀はひっくり返っていて満足に動く事もできない。

――CZRRRZ。

呪詛騎士の一体がアリサ達を見つけて駆け出し、他《ほか》の呪詛騎士達もその後に続く。

『狙《ねら》い、撃ちます！』

ルルの連続狙撃《そげき》で第一陣の呪詛騎士五体が次々と倒れる。

『錆《さ》びた鎧では身を守れないと警告します！』

ナナが挑発スキルを篭《こ》めた叫びで、呪詛騎士達の注意を引く。

『ぬう――シールド・バッシュと告げます！』

突出した呪詛騎士の突進を盾で受け止めたナナが、盾攻撃《シールド・バッシュ》で体勢を崩して魔刃を帯びた剣で首元を刺して倒す。

――CZRRRZ。

さらに呪詛《じゅそ》の漆黒弾を、剣聖から学んだ魔法斬《ぎ》りで対処する。

漆黒弾に紛れて放たれた投石も一緒だ。

『私に飛び道具は効かないと宣言します』

盾の陰から宣言するナナに、一〇体の呪詛騎士が次々に飛びついて押し潰《つぶ》そうとしてきた。

巨体の陰に隠れてしまったナナだが、まだ押し潰されてはいない。

その証拠に――。

『「城砦防御《フォートレス》」発動と告げます』

ナナの叫びと共に発生した幾重にも連なる防御障壁フォートレスが、呪詛騎士達を弾き飛ばした。

距離を取る呪詛騎士三体に向かって、一つの影が地を這《は》うように迫る。

『とー、なのです！』

三体の呪詛騎士達の間を縫うように駆け抜けたポチが、急停止して魔剣を鞘《さや》に納め、最後にパチンと鍔《つば》を鳴らす。

それを合図にしたかのように、呪詛騎士達がバラバラに崩れて地面に転がった。

『ポチのイアイバットーの前には悪即ザザーンなのですよ！』

呪詛騎士の巨体が邪魔でよく見えなかったが、居合い抜刀からの必殺技コンボだったらしい。

『にんにん～』

呪詛騎士達の間を、ピンクマントの猫忍者が攻撃を紙一重で躱《かわ》しつつ通り抜けた。

ポチと違って剣を抜く様子も見せない。

『忍法、影縛り～？』

可愛《かわい》いポーズを取りながら術を発動すると、呪詛騎士達の足下から伸びた影が絡みついて身体を雁字搦《がんじがら》めに縛り付ける。

どうやら、至近距離を駆け抜ける時に、忍術の仕掛けをしていたらしい。

動けなくなった呪詛騎士達に、赤い光を曳《ひ》きながら一つの影が迫る。

『瞬動、螺旋槍撃《らせんそうげき》――重ね』

リザが必殺技の連撃で呪詛騎士七体を次々と屠《ほふ》っていく。

――ＣＺＲＲＲＺ。

残りの呪詛騎士達も学習したのか、牽制《けんせい》の漆黒弾を放つと同時に三方に分かれ、中央の本隊が前衛を抑える間に、左右から五体ずつが後衛の三人に襲いかかった。

『ゲノーモス』

ミーアが指示すると同時に地面が隆起して、後衛陣を安全圏へと移動させる。

隆起した壁を駆け上がった呪詛騎士三体がそのまま宙に躍り上がり、空中で後衛陣を見下ろして
ニヤリと口角を上げた。

『お前はもう死んでいる』

アリサもニヤリと不敵に笑い返し、世紀末救世主あたりが言いそうな台詞《せりふ》を口にする。

空間魔法の「次元斬《ディメンジョン・スラッシャー》」で首を刎《は》ねられた呪詛騎士達だったが、元々アンデッドなので、
そのくらいでは活動を停止しない。

呪詛騎士達は首なし騎士《デュラハン》のように、首と胴体が分かれた状態で後衛陣に襲いかかってきた。

『——げっ、マジで?』

『詰め甘』

ミーアの呟きと同時に、足下の地面から生えた岩のトゲが呪詛騎士達に放たれた。

岩のトゲは呪詛騎士達の鎧を貫く事はできなかったが、トゲの持つ質量と運動エネルギーが呪詛
騎士達を後方へ吹き飛ばす。

——CZRRRZ。

それでも高レベルの魔物だけあって、呪詛騎士達はされるがままにはならない。

空中を蹴《け》って、再び攻撃を試みる。

だが——。

『狙い、撃ちます!』

固定砲台並みの威力を誇るルルの輝炎銃が、呪詛騎士達の鎧の隙間《すきま》から心臓部を次々に撃ち抜い

て倒した。

そんな攻防の間に、地上に残っていた七体が後衛陣を諦《あきら》めて要塞都市の方に駆け出す。

ルルの狙撃やアリサの火魔法が次々に打ち倒したが、仲間を盾にした二体が生き延びて要塞都市へと肉薄した。

『俺達もやるぞ！』

金獅子《きんじし》級の冒険者を含む二つのパーティーが、防衛機構が失われた楼閣から外壁を滑り降りる。

彼らは呪詛騎士達と戦う気のようだ。

『なんだ、こいつら。むちゃくちゃ強いぞ』

『チャンピオン並みか、それ以上だ』

呪詛騎士達の重く鋭い攻撃が冒険者達を蹴散らし、分厚い鎧が冒険者達の攻撃を軽々とはねのける。

『手数で稼げ！』

『相手に大技を使わせるな！』

獣人の冒険者達が縦横無尽に動きながら、呪詛騎士に一撃離脱の波状攻撃を重ねる。

『今だ――鉄獣斬壁《ブレイド・サイクロン》！』

大きな隙ができた呪詛騎士に向けて、熊人の冒険者が必殺技を使う。

巨大な骨大剣を先端が霞《かす》むほどの高速で斬りまくる豪快な技だ。

『螺旋槍撃《らせんそうげき》』

豹人《ひょう》が呪詛騎士の背後から、リザが得意とするオーソドックスな槍系《やり》必殺技を放つ。

槍を巡る赤い魔力光が螺旋を描き、背甲のひび割れを引き裂いた。見た目は派手だが、あれだと魔力消費が大きすぎて連発は無理だろう。

この場合は威力アップや貫通力アップを狙ったのかな？

——ＣＺＲＲＲＺ。

呪詛騎士が片足を犠牲に熊人冒険者を蹴り飛ばし、振り向きざまに放った水平斬りで豹人を吹き飛ばした。豹人はとっさに槍を捨てて即死こそ逃れたが、内臓が飛び出すほどの重傷を負ったようだ。

『やれ！　レオパン！』

『うぉおおおおおお！』

後方から助走を付けて駆け寄った獅子人の冒険者が、全身に赤い魔力光を溢《あふ》れさせながら地を蹴る。

『——獅子王斬《レオ・バスター》！』

弧を描く軌道で上からの斬り下ろしの必殺技を放った。

骨大剣を拡張するほど長く伸びた赤い魔刃が四つに分かれ、獅子の爪《つめ》のように呪詛騎士を引き裂き、大地をも深く抉《えぐ》る。

勝利を確信して獅子人が口角を上げた。

だが、それは油断だ。普通の生物なら、いや、普通のアンデッドでも確実に倒した一撃だったが、呪詛騎士は動きを止めていない。

――CZRRRZ。

呪詛騎士の斬り上げの一撃が、必殺技後の獅子人が無防備に晒《さら》す首に迫る。

『――させないわよ』

不可視の盾が呪詛騎士の剣を止めた。アリサの『隔絶壁《デラシネーター》』だ。

それとほぼ同じタイミングで獅子人が必殺技を放つ。

『ぬおおおお――昇牙《レイジング・スラスト》！』

獅子人の必殺技が呪詛騎士の心臓部を貫き、止《とど》めを刺した。

どうやら、彼は最初から呪詛騎士を倒しきれない可能性を考えていたようだ。油断しているなんて思って悪かった。

『もう一体は――』

既にフェンが討伐済みだ。

『ここまで差があると嫉妬《しっと》すらおこがましいな』

『まったくだ。あそこで戦ってる嬢ちゃん達にも言える事だがな』

冒険者達が呪詛騎士達との戦いを終えたアリサ達を見る。

『ありゃ、何者だ？　確か半月ほど前に来ていきなり「銀虎《ぎんこ》」になった「毛なし」だろ？』

『もう「毛なし」なんて馬鹿《ばか》にできないぜ』

『まったくだ』

『お前ら！　雑談する前に俺様を心配しろ！』

さっきまで腹から内臓を零《こぼ》していた豹人が叫ぶ。

彼の傍《そば》にはパーティーの回復役が駆けつけ、高価な魔法薬を文字通り湯水のごとく使って癒《い》やしている。

『元気そうじゃないか』

『それにしても強かった。チャンピオンより硬くて強かったんじゃないか？』

『それに無駄にタフな分、最後《さいご》っ屁《ぺ》が怖すぎるぜ。よく躱せたな』

『いや、誰《だれ》かが魔法で防いでくれたんだ。あれがなかったら良くて相打ちだったぜ』

獅子人がアリサ達の方を見る。

視線に気付いたのか、アリサが隆起した地面の上からピースサインを返していた。

そんな会話をする冒険者達をスルーして、フェンがアリサ達の方へ足を向ける。

『ゲノーモス、降ろして』

隆起していた地面が元に戻り、仲間達が合流した。

――おっ、最初の禁呪のお陰か、アリサがレベルアップしている。他の子達はそのままだ。

『そっちも片付いたみたいね』

アリサが自分達の方に来たフェンに気さくに話しかけたが、フェンは横を素通りして怨念鎧亀へと歩み寄る。

骨大剣の背で怨念鎧亀を下から打ち上げ、動き出そうとした怨念鎧亀の頭を押さえて甲羅をベリリと引き剥《は》がした。

甲羅を背後に捨て——。

『のわわわっ、危ないでしょ！』

ぶつかりかけたアリサが抗議の声を上げる。

フェンはそれに取り合わず、いつの間にか手足を凍らせた怨念鎧亀《グラッジ・タートル》の背に飛び乗って骨大剣を突き刺してゴリゴリと切り裂く。

『何しているのかしら？　——げっ』

アリサが空間魔法でオレと同じモノを見たのだろう。

グロい映像なので詳しく語りたくないが、腐った内臓が糸を引くギトギトした場所に二人の死霊術士が潜り込んでいた。

フェンはそれを掴《つか》んで外に引き摺《ず》り出した。

禁呪二発の影響で、二人とも昏倒《こんとう》しているようだ。

『——くっさ。臭すぎでしょ』

『ん、■……』

ミーアが泡洗浄《バブル・ウォッシュ》で死霊術士達を洗う。

よっぽど臭かったのか、フェンも文句を言わずに見守っていた。狼《おおかみ》は人より鼻が良いからね。

『さてと——』

『ん、■■　小衝雷《リトル・ショック》』

アリサが視線で促すと、ミーアが精霊魔法で小さな電撃を放って、二人の死霊術士を強制的に叩《たた》き起こした。

『うう……』

中年の方は虚《うつ》ろな眼差《まなざ》しで虚空を見つめるだけだが、老人の方は目に光を取り戻したようだ。

『お前達が黒幕だな？』

『おのれ、あと少しでアーカティアが我が手に落ちたというのに』

フェンに声を掛けられた老死霊術士ザンザサンサが血涙を流しそうな顔で悔しがった。

『こちらは兵隊か？　――いや、呪物《じゅぶつ》だな』

フェンが骨大剣を一閃《いっせん》して中年死霊術士の首を刎ねる。

それと同時に、怨念鎧亀が活動を停止した。どうやら、中年死霊術士がアンデッドを強化していたらしい。

フェンの骨大剣が老死霊術士に向けられる。

『ま、待て！　ワシを殺したら、要塞《ようさい》都市が滅びるぞ！』

『戯《ざ》れ言《ごと》を――』

『――ナナ！』

ナナが瞬動で割り込んでフェンの大剣を防ぐ。

『邪魔をするな』

『短気は損気だと告げます。アリサ、説明を』

ナナが無表情で告げ、アリサに話を振る。

『ねぇ、お爺《じい》ちゃん。どうやって、要塞都市を滅ぼすの？』

『その身体《からだ》から溢れる魔力、貴様が先ほどの炎を操った希代の大魔法使いか。貴様のような傑物が要塞都市にいる事を知らなんだのが我が不明』

『いやー、そんなに本当の事を言われたら照れちゃうわ～』

『ノー・アリサ、本題を聞くべきと忠告します』

『おっと、そうだったわ』

アリサが再び老死霊術士に方法を尋ねる。

『我が配下の一部を「城」に派遣した。ワシが死ねば奴《やつ》らは「城」の正門から攻め込むだろう』

――あ。

あの時の迷子の一部隊は、「城」攻めの別働隊だったのか。

近くにアーカティア以外の居住地がないから、十分離れた後は追いかけてなかったんだよね。

『なんの為《ため》に――って、まさか？』

『その通り、配下達はタウロスの精鋭に倒されるだろう。だが、テリトリーを荒らされたタウロス達は怒りの進軍を行う――この要塞都市を目指してな』

『ご主人様！　状況は分かる？』

勝ち誇り、下卑た笑いを浮かべた老死霊術士を無視してアリサがオレに通信を送ってきた。

『把握しているよ。別働隊は「城」の内壁寸前にいる。今はティガー達が行かせまいと奮闘しているけど、阻止できるかは微妙かな？』

『ヤバいわね』

『そっちは任せてくれていいよ。それより、そいつはまだ何か企《たくら》んでいるぞ』

老死霊術士は死を覚悟したような顔をしていない。

『分かってる。リザさんや皆《みんな》に警戒を解かないように言ってあるわ』

アリサから頼もしい返事が来た。

ついでに思い出した事があったので、念の為に警告しておく。

『彼が捨《す》て駒《ごま》にした青年が「短角」を持っていた。そいつも隠し持っている可能性が高いから注意して』

老死霊術士はアイテムボックススキルを持っていないけど、他《ほか》にも隠し持つ手段があるかもしれないからね。

『うん、リザさん達にも情報共有しておく。大丈夫、絶対に油断はしないわ！』

アリサが力強く答えた。

この様子なら、こっちは任せて大丈夫だろう。

さてと、「城」で奮闘するティガー達に犠牲が出る前に駆けつけるとするかな。

意識を自分の身体に戻すと、ロロがオレの顔を覗《のぞ》き込んでいた。

「サトゥーさん、さっきの爆発や震動の後は静かですけど、もう終わったんでしょうか？」

「どうだろう？　ちょっとギルドの人に話を聞きに行ってくるよ」

「私も――」

一緒に行くと言いたげなロロを制する。

「ロロはこの子達を頼む」

ハムっ子達はさっきの爆発音と震動で目を回しちゃったんだよね。

「はい、分かりました――」

ロロが頷《うなず》いた後、俯《うつむ》いて何か言いたげな顔になった。

「――サトゥーさん、怪我《けが》をしないで無事に帰ってきてくださいね」

「ああ、もちろん」

心配を押し隠して笑顔を作るロロに首肯する。

どうやら、オレが何をしに行くか、ある程度察しているようだ。

「約束するよ。怪我一つ無く帰って来る」

なにせ、オレ達は「傷知らず」のペンドラゴン、だからね。

死闘

〝アリサです。思春期の頃《ころ》は親の心配が煩わしく思ったものですが、それでも心のどこかで親の事を頼りにし、知らぬうちに依存していたように思います。失って初めて分かるんですよね。〟


「さあ、この拘束を解け！　さもなくば、死霊の軍勢を『城』に突入させるぞ！」

ザンザサンサとかいう死霊術士の爺《じじい》が勝ち誇った顔で叫んだ。

「なら、突入を命じる前に殺せばいい」

「ま、待て！　ワシを殺せば、軍勢はワシの頸木《くびき》から離れて近くの生者――『城』のタウロスに向かって直進する！　貴様らの破滅が早まるだけだ！」

自分の命が懸かっているから必死だ。

とっくに突入させているくせによく言うわ。

狼人っぽいフェンさんはタウロスのスタンピードを発生させるわけにはいかないと思っているのか、悔しそうな顔で持ち上げた剣を振り下ろせずにいる。

「ねぇ、いいかしら？」

「なんだ小娘」

ザンザサンサはフェンさんの魔法で手足を凍らされているのに、偉そうな態度はそのままだ。

いや、これは虚勢を張っているだけね。声が震えているもの。

「使い魔が教えてくれたけど、アンデッドの軍勢はもうとっくに『城』の中に突入しているみたいよ？　ティガーさん達が阻止しているから、内門には到達していないけど」

ご主人様から聞いた情報を告げると、ザンザサンサが顔を引きつらせた。

「そ、そんなはずはない！　ワシはまだ突入を命じていないぞ！」

本気で狼狽《ろうばい》している。

もしかしたら、あれはこいつにとっても予想外の出来事だったのかしら？

「ならば、生かしておく必要はないな」

フェンさんがイケメン狼フェイスに殺気を迸《ほとばし》らせた。

「待て！　ワシの手はそれだけではない！」

「戯れ言をまだ言うか――」

「本当だ！　今、証拠を見せてやる」

首を落とそうと振り下ろされた剣がザンザサンサの首元で止まった。

一二〇パーセントはったりだと思うけど、万が一を考えたら思い切れなかったんだと思う。

「はぁはぁはぁ――《開け》」

冷や汗で顔をベタベタにしたザンザサンサが荒い息を吐きながら、アイテムボックスを開ける時のような合い言葉《コマンドワード》を口にした。

でも、変だ。こいつは宝物庫《アイテムボックス》スキルを持っていないはず。

現に何も起きていない。やっぱり、はったり？

「取り出せ」

ザンザサンサが誰かに命じた。

わたしを含め、皆が周囲に視線を走らせる。

「見っけ～？」

甲羅を剥がされた亀の上に登ったタマが指さす先には、アイテムボックスらしき黒い四角が生まれており、そこに突っ込まれたミイラのような干からびた手が短い角を取り出すのが見えた。

あれはご主人様の言ってた「短角《ショートホーン》」だ。

「タマ！」

「いえっさ～？」

干からびた手からタマが短角を掠《かす》め取った。

「我が欲望を糧に――」

タマの手の中で短角が瘴気《しょうき》を溢《あふ》れさせる。

――まずい。

「タマ！」

リザさんが叫ぶ。

「捨てなさい！　早く！」

「あい」

タマは躊躇《ためら》いなく短角をポイッと投げ捨てる。

「暴虐の力を――」

「ただの罠《わな》か」

フェンさんの骨大剣がザンザサンサの首を切り落とした。

生首が戦場を転がっていく――まずい。転がる生首とタマの投げ捨てた短角が何かに引き寄せられるようにくっつこうとしている。あれに「物品引き寄せ《アポート・オブジェクト》」を使うのはなんか嫌だから――。

「――隔絶壁《デラシネーター》！」

両者を隔てる空間壁を作り上げる。

「おノれ、オのレ、オノレ！」

「うげっ、生首が喋《しゃべ》ってる」

無念のあまり、悪霊化したみたい。さすがは死霊術士だわ。

「滅びろ」

フェンさんの骨大剣がザンザサンサの頭を真っ二つにし、完全に凍り付かせた上で粉々に砕いた。

徹底してるわ。

『くははは、ジジイが死んだっプー』

『にははは、ジジイも冥府《めいふ》落ちだっプー』

『ぬははは、ジジイの貢いだ命がいっぱいっプー』

不協和音のような響きの不快な声が戦場に響いた。

「――魔族」

三体、いえ、もっと多くの下級魔族が亀《かめ》の陰から出てきた。

どれも樹皮のような皮膚に唇や耳なんかの顔の一部に手足がついているような奇妙な姿だ。

「いったいどこから……」

『召喚卵はもっと早く使ってほしいっプー』

悔しい。さっきの短角はわたし達の耳目を集める為の囮《おとり》だったみたいだ。

『死は満ちたっプー』

『舞台は整ったっプー』

『主様の降臨っプー』

『絶望せよ人類っプー』

地上で魔族達が踊る。

ナナの理槍《ジャベリン》やルルの輝炎銃が攻撃したけど、魔族達は身体の一部を吹き飛ばされても気にも留めずに踊り狂うのをやめない。しかも砕けた破片が小さな別の魔族になっていて、攻撃が効いているのかも不明だ。

「にゅ！」

タマが悲鳴を上げたのと同時に、植物の芽が亀を下から突き破って瞬く間に巨大な樹木へと成長し、歪《いびつ》な人型の化け物に変わる。

――上級魔族。

「能力鑑定《ステータス・チェック》」スキルで確認するまでもない。

その圧倒的な存在感が教えてくれる。

シガ王国の博物館で見た原色の上級魔族の中にはいなかったはずだけど、パリオン神国で見た魔王にも匹敵する。「まつろわぬもの」バザンも凄《すご》かったけど、今目の前にいるこいつの方が恐ろしい。

もちろん、理由は分かっている。

ご主人様がここにいないからだ。

その庇護《ひご》がいかに心を支えてくれていたか、実感できた。

「ついに見つけたぞ！」

フェンさんが駆け出し、見る見るうちに狼《おおかみ》の姿へと変じ、その姿が巨大化して前に見た神獣フェンリルへと本性を現した。

神獣は一瞬のうちに上級魔族に肉薄し、魔力障壁の盾を作った上級魔族ごと樹海の向こうへ消える。

巨大な木々が幾つも幾つも宙を舞い、土塊《つちくれ》や草木が土煙と共に吹き出てきた。

「アリサ、追いますか？」

リザさんの問いに少し考える。

前に神獣を見かけた時に冒険者から聞いた。神獣は「樹木の化け物」――樹皮の上級魔族と互角だったはず。

「――いいえ、まずはこの場にいる下級魔族を倒しましょう」

「危険！」

毛を逆立てたタマが、ナナの腕を掴《つか》んで上級魔族が消えた方を指さした。

「――フォートレス」

ナナの白銀鎧《よろい》に搭載されている簡易版の「城砦防御《フォートレス》」が緊急展開された。

次の瞬間、樹海の木々を薙《な》ぎ払って照射された極太の光線が、フォートレスの障壁に激突して閃《せん》光《こう》と轟音《ごうおん》をまき散らす。

「限界点は近い、と告げます」

ナナが苦しそうに言う。

――やばい。

フォートレスの外側を構成する障壁が崩壊して、内側の障壁にもヒビが入っている。

「隔絶壁《デラシネーター》！」

障壁の外側に出した隔絶壁が一瞬で消し飛んだ。

ビキッと音がして、次元杭《ディメンジョン・パイル》で固定されているはずのナナの足が後退する。あまりの威力に、次元杭が耐えられなかったらしい。

固定具を失ったナナがフォートレスの障壁ごと押し戻される。空間に固定されているはずの障壁が耐えられずにいるようだ。

「リザさん！」

「「「ファランクス」」」「なのです！」

獣娘達の鎧に搭載された使い捨て防御盾ファランクスが、ナナが張るフォートレスの内側に三重の障壁を展開した。わたしも隔絶壁でフォートレスを内側から支える。

「限界点到達と告げます——自　在　盾《フレキシブル・シールド》！」

ついにフォートレスが砕け、三重のファランクスで減衰し、ナナが魔法と大盾とスキルの全《すべ》てを懸けて破壊光線を上空へ逸《そ》らす。

——ぐへっ。

ナナの足が地面から剥《は》がれ、わたし達もろとも後方へ吹き飛ばされた。

ぐるんぐるん回る視界に、縦に裂かれたばかりの卵殻外壁が映る。

「……なんとか耐えきったわね」

「悔しいと告げます」

いつも無表情なナナの眉間《みけん》に、少し皺《しわ》が寄っている。今の攻撃はナナのプライドを傷付けたみたい。

「仕方ありません。今の攻撃は魔王並みでしたから」

「あんな攻撃を連発されたらさすがの神獣でもヤバいんじゃない？」

遠くの方で樹木が宙を舞ったり、土煙が噴き上がったりしているから、今のところ互角に戦っていると思うけど。

「それは大丈夫だ。人族の娘よ」

空から女性の声がした。

見上げると、装飾過多な長杖《ちょうじょう》を持った魔女が降りてきた。

鍔《つば》の広い帽子に豪奢《ごうしゃ》な黒いローブ、裾《すそ》から覗《のぞ》く細い足には飛翔靴《フライング・ブーツ》を履いているらしい。

「ようやく、大魔女様のお出ましってわけ？　それともお弟子さんの名前で呼んだ方がいいかしら？」

鍔の広い帽子で顔を隠す大魔女アーカティア、ティアに声を掛ける。

「これだから転生者や勇者は嫌なのよ。隠蔽《いんぺい》や偽装の魔法道具《マジック・アイテム》が効かないんだもの」

彼女は口調を大魔女モードから弟子《ティア》に変え、肩を竦《すく》めた。

『隙《すき》ありだっプー』

『雑魚を始末するっプー』

小さな虫に憑依《ひょうい》して接近していた下級魔族が奇襲してきた。

「隙なんてないわよ」

「まったく、奇襲なら瘴気を消してからにしてほしいわね」

下級魔族の突撃をわたしの隔絶壁が防ぎ、ティアの放った土魔法「緑柱石筍《トス・ベリル》」が下級魔族を貫いて黒い靄《もや》に変える。

「はいなのです。お尻《しり》隠してショーキ隠さずなのですよ」

「ういうい～」

ポチとタマの魔剣が憑依された虫ごと下級魔族を退治していた。

『『一斉にかかるっプー』』

奇襲が失敗したと分かった下級魔族達が、憑依を解除して一斉に襲ってくる。

「……■　急膨張《バルーン》」

「乱れ、撃ちます！」

ミーアの水魔法が魔族達を空へ吹き飛ばし、ルルの連射が魔族の急所を撃ち抜いていく。

「空歩──螺旋槍撃《らせんそうげき》！」

「次元斬《ディメンジョン・スラッシャー》！」

生き残ったしぶとい二体は、空を駆けたリザさんの必殺技とわたしの空間魔法で始末する。

「これで終わりかしら？」

「まだ」

周囲を見回す大魔女の独り言に、タマが答えた。

「ん、瘴気」

ミーアが甲羅を剥がされた亀の方を指さす。

がらがらと残骸《ざんがい》をまき散らしながら、汚泥のような影が地面から起き上がった。

『むぅいつぅくぇたぁずぉおおおおお』

汚泥の胴体に老死霊術士の顔が浮かんでいる。仲間らしき虚《うつ》ろな瞳《ひとみ》の中年死霊術士の顔もだ。

本来顔がある場所はのっぺりとした無貌《むぼう》で、額に当たる場所に長い角が生えている。

レベル五五で、アンデッドと魔族の二種類の属性を持っているようだ。

「――ザンザサンサ、いい歳《とし》をして何をしているのよ」

『ぅあああくぁああてぃいいいいいいあああああ』

大魔女の名前を叫んでいる。

どうやら、あいつは彼女の知り合いだったらしい。

「後は任せようか？」

「悪いわね。ちょっと、掛かり切りになりそうだから、フェンさ――神獣の援護は任せていい？」

「しゃーないわね。貸し一つよ」

「分かった。恩に着る」

大魔女は鍔の広い帽子をぐいっと押し下げ、長い杖《つえ》を槍《やり》のように構えた。

「行くわよ、ザンザサンサ。優しい抱擁は期待しないでね」

『ぅあああくぁああてぃいいいいいいああああああ』

中級魔族の足下から無数の緑柱が現れて、その身体《からだ》を無惨に貫く。

詠唱している様子はなかったから、あの杖が何かの秘宝《アーティファクト》なんだと思う。

「大魔女様を守れ！」

「金獅子《きんじし》級の底力を見せるぞ！」

冒険者達は大魔女を守る盾になるようだ。

源泉を支配する魔法使いは潤沢な魔力を使えるっていうし、冒険者達の護衛もあるから大丈夫だと思う。

「皆《みんな》、行くわよ！」

わたし達は最初の転移ポイントへと移動した。

◆

「――げっ、フェンさんってば満身創痍《まんしんそうい》じゃん」

黄金装備に着替え終わったわたし達は、神獣と上級魔族が相争う怪獣大決戦を近くの大樹の上から確認した。

「見てください。あの魔族は凄《すさ》まじい自己回復能力を持つようです」

リザさんが指さす先では、神獣の爪《つめ》で引き裂かれた上級魔族の傷口から新芽が芽吹いて瞬く間に傷口を塞《ふさ》ぎ、元のような樹皮の体表に戻っている。

「魔法無効化？」

「イエス・ミーア。牽制《けんせい》の下級魔法は無効化されていると判断します」

神獣の方も無効化されるのを前提に、目隠しのつもりで収束の甘い下級魔法を使っているようだ。

「何か背負ってる～？」

「きっと大砲のヒトなのですよ！　ポチは知っているのです！」

「マジで？」

「うん、私も見た。さっきの光線攻撃の直前に、あれを小脇《こわき》に抱えていたと思う」

ポチだけじゃなく、ルルまで目撃したらしい。

「なら、あれも破壊対象にした方がいいわね」

「もし砲撃の発射を防げなかったら、さっきみたいにフォートレスとファランクスを重ねて対処しましょう」

「ノー・アリサ。次は私が必ず止めてみせると告げます」

「ダメ」

気負うナナをミーアが制する。

「そうね。黄金装備のナナなら止められると思うけど、無理に冒険する必要はないわ。怪我《けが》したら、ご主人様が悲しむわよ」

「安全第一のオーダーを承諾したと告げます」

ナナは少し思案した後に頷《うなず》いてくれた。

「――ああ！　神獣さんが！」

神獣が樹木を砕きながら転がってきた。

やばっ。ちょっとブリーフィングが長かったかも。

「第二ラウンド、行くわよ！」

わたしは宣言と同時に「戦術輪話《タクティカル・トーク》」を発動する。

「「「応」」」「なのです！」

ナナと獣娘達が神獣の砕いた地面を駆けて上級魔族に向かう。

ルルが輝炎銃で牽制を行い、ミーアが精霊魔法の詠唱を始めた。あれはベヒモスの召喚だと思う。

わたしは前衛の支援担当だ。支援《バフ》系の魔法は既に掛けてあるけど、「隔絶壁」による妨害や「迷路《ラビリンス》」の時間稼ぎもした方がいいだろう。

「えまーじぇんん～」

「大砲のヒトがスタンバイなのです！」

魔族が腰だめに構えた大砲の周りに、怪しげな粒子がウォンウォンと集まっている。

わたし達を狙《ねら》ってというよりは、フェンさんに追い打ちの一撃を仕掛ける気みたい。

「ファランクスを使います。ナナはフォートレスを！」

「イエス・リザ――」

ナナが足を止め、黄金鎧《よろい》の浮遊盾が前方に移動する。

「――フォートレスと告げます」

続けて合い言葉を唱えると、黄金鎧の一部が変形して次々に魔力障壁が展開し、城砦防御《フォートレス》を構築した。あの変形は初めて見る。フォートレスも白銀鎧のモノよりも遥《はる》かに頑丈そうだ。フォートレス改二って感じかな？

「来る」

タマの合図に合わせて、獣娘達も三重のファランクスを構築した。

ファランクスは効果時間が短いから、タイミングが重要なのだ。

目が痛くなるような閃光《せんこう》と共に極太の光線がフォートレスの外側に展開された三重のファランクスを次々に砕き、フォートレスの積層障壁に激突する。閃光と轟音《ごうおん》で目と耳が痛い。黄金鎧の遮蔽《しゃへい》システムでコレって事は、ノーガードだと失明したり鼓膜が破れたりしそうだ。

「ぐぬぬぬぬ」

フォートレスが押され、それを支えるナナの大盾も押し戻される。

「隔絶壁《デラシネーター》！」

わたしも空間魔法でフォートレスを裏支えした。

上級の「神威隔絶壁《ディバイン・デラシネーター》」もあるけど、あれはこういう小技には向かない。純粋な防御力もフォートレスに少し劣るから使う機会が今のところない不遇な魔法だ。

――ビキッ。

余計な事を考えている内に、隔絶壁が砕けそうになっている。

ナナの黄金鎧を支える次元杭も限界が近い。

「ぱわふるぅうううなのです！」

「もあぱわ～？」

タマとポチが両手でナナの大盾を後ろから押す。

「アリサ、私の後ろにも隔絶壁を希望します」

「おっけー！」

意図はよく分からないけど、ナナが身体を預けられる位置に隔絶壁を生む。

「緊急ジェット噴射と告げます！」

ナナの黄金鎧の背中が変形し、ノズルみたいなモノが現れた。

――何ソレ？

ノズルから吹き出した噴射炎が隔絶壁にぶつかって見えなくなったけど、押し込まれそうになっていたフォートレスを押し返す事に成功したようだ。

「っていうか、魔改造しすぎでしょ、ご主人様」

轟音に紛れて毒を吐いている内に、根比べはナナやわたし達の勝利で終わった。

「冷却モードに移行。過負荷の為《ため》、九〇秒のクールタイムが必要だと告げます」

「分かりました。行きますよ、ポチ、タマ。相手に大砲を撃つ隙を与えてはいけません」

「あい」

「はいなのです」

獣娘達が瞬動で上級魔族へと駆けていく。

「……■■　魔獣王創造《クリエート・ベヒモス》」

ミーアの呪文《じゅもん》が完成し、巨大な魔法陣からベヒモスが現れた。

「行って」

ベヒモスが雄叫《おたけ》びを上げ、主戦場へと駆けていく。

その巨体はあっという間に獣娘達を追い抜き、落雷の雨を降らせながら樹皮の上級魔族に激突する。

「応急修理完了。アリサ、私を魔族の近くに転移させてほしいと希望します」

「分かったわ。無理はいいけど、無茶はしないでね――空間連結扉《ポータル・ドア》」

目の前と戦場にほど近い場所に二枚の扉が現れる。

「感謝と告げます」

ナナが目の前の扉を潜《くぐ》ると戦場にある出口側の扉から現れた。

『樹皮の魔族よ！　樹木なら大人しく森の一部になっているべきと告げます！』

挑発スキルを乗せた声が戦術輪話から聞こえて来た。

「ルル、もう何回か挑発が入ったら加速砲を使っていいわよ――ってルル？」

ルルの姿は神獣の傍《そば》にあった。

力を消耗したのか、山のような大きさだった神獣が体長五メートルくらいまで小さくなっている。

「これを飲んでください。すぐに良くなりますから」

ルルは神獣の治療をしていてくれたみたい。

『……また、助けられたな、ロロ』

「いえ、あの私はロロさんじゃなくて、ルルです」

『あの時は子狼《こおおかみ》くらいまで消耗していたが、今度は負けん。見ていてくれロロ』

神獣がふらふらと立ち上がる。

「待ちなさいってば。ロロとルルの区別も付かないくらいダメージを負っているのに、今行って役に立つ訳ないでしょ。もう少し休憩してなさい」

『相手は上級魔族だ。人の子に勝てるような相手ではない』

「そうかしら？」

わたしは「遠見鏡《クレアボヤンス・ミラー》」の魔法で、神獣の眼前に戦場の光景を映し出した。

リザさんの竜槍《りゅうそう》が魔族の身体を貫き、タマの忍術が魔族を翻弄《ほんろう》し、ポチがつまずいた拍子に魔族の攻撃を避《よ》け、ナナが魔族の蹴《け》りを大盾で受け流している。

『攻撃が届いているのは鱗《うろこ》族の娘だけだ。やはり、俺が行かねば――』

「ルル、そろそろいいわよ」

わたしは肩を竦《すく》め、ルルに声を掛ける。

「分かった」

ルルが黄金鎧に空間収納されている長大な砲身の加速砲を取り出した。

「上級魔族はかなりスピーディーだけど、狙える？」

「大丈夫。動きのパターンを先読みするから――ここね――照準完了。固定」

加速砲を構えたルルがサポートＡＩに指示を出した。

『イエスマイレディー。ディメンジョン・パイル、スタンバイ』

加速砲のサポート音声が応《こた》える。

神獣の『誰《だれ》か他《ほか》にいるのか？』という驚きの声は聞き流す。

不可視の次元杭が加速砲の重たく長い砲身を空中に固定する。

砲身の先に魔族はいないけど、ルルの瞳《ひとみ》に迷いはない。

「仮想砲身展開」

『オーケー、ヴァーチャルバレル、スプレッド』

加速砲の前方に二〇メートルほどの術理魔法系の疑似物質砲身が展開される。

やっぱ、この変形は燃えるわ！

「加速魔法陣、制限解除」

『アイアイマム、バッテリー、フルチャージ』

加速砲の横に付いていた魔力筒から、魔法陣を生み出す為の魔力が充填《じゅうてん》される。

予備筒も含めた全《すべ》ての魔力バッテリーが空になった。

『アクセラレーション、オーバードライブ』

仮想砲身に沿って赤く光る魔法陣が展開されていく。一〇〇枚もの魔法陣が重なって砲身のようにも見える。あいかわらず迫力あるわ。

「来た」

ミーアが呟《つぶや》くと同時に、ジャングルの木々を蹴散らす上級魔族が見えた。

どうやら、こっちの存在に気付いたみたい。

「邪魔はさせないわよ！」

隔絶壁の乱れ打ちで進行を阻害する。

上級魔族が身体《からだ》の表面をボコボコ変形させて虚《ウロ》のようなモノを作り出し、そこに光の粒子を充填させる。あれで攻撃するつもりだろうけど——もう、遅い。

「発射！」

『イグニッション！』

ルルの細い指が引き金を絞り込み、聖なる砲弾が発射される。

腹に響く爆音を残して、青い軌跡がルルの加速砲から撃ち出された。

青い光がレーザーのように上級魔族の胴体に直撃し、樹皮の巨体を上下に切断して吹き飛ばした。

『なん、だと?!　あの上級魔族が？』

ルルの加速砲が打ち出す聖弾は、ご主人様の特製の上に冗談みたいな量の魔力が内包されている。

対魔族用の攻撃としたら、わたしやミーアの禁呪にも匹敵する威力があるのよね。

——おっと、油断大敵。

「まだ終わってないわ！　——神威隔絶壁《ディバイン・デラシネーター》」

上下に分割された上級魔族が発射準備を整えていた小型の光線砲を撃ってきた。

幾条《いくじょう》もの光線が神威隔絶壁に激突して閃光と火花をまき散らす。

主砲ほどじゃないけど、数が集まるとけっこうな威力だわ。

『アキレスハンターなのです！』

高速で上級魔族の背後から接近したポチが、幾つもの青い軌跡を靡《なび》かせながら上級魔族の足首を障壁ごと斬《き》り飛ばす。

居合い抜刀付きの必殺技「魔刃旋風《ヴァンキッシュ・スライサー》」を使ったみたい。

『魔刃双牙《ボーパル・ファング》～？』

上級魔族の影から現れたタマが、ポチが斬ったのと反対側の足に必殺技を放つ。

双剣による連続攻撃が放たれるが、ちょっと威力が弱い。障壁は砕けているけど、一つ一つの傷が浅いから、攻撃を与える端から修復されてしまっている。

『瞬動――螺旋槍撃《らせんそうげき》！』

リザさんの必殺技が上級魔族の後頭部を貫いた。

竜槍だけあって、障壁も硬い装甲も関係無しに貫いている。

「やばっ――リザさん！」

『――ファランクス！』

上級魔族の頭部が変形して虚を作り出し、拡散光線をリザさんに向けて放った。

リザさんはとっさにファランクスで防いだけど、続けて放たれた裏拳《うらけん》で後退を余儀なくされている。

『よそ見はいけないと告げます』

追いついたナナが盾攻撃《シールド・バッシュ》を放つ。

――お？

上級魔族の背後に何かキラキラしたのが散る。

即座にスキルで鑑定してみたら、それが上級魔族の障壁の一部だと分かった。

どうやら、ナナは彼女が得意とする障壁破壊の必殺技「魔刃砕壁《ブラスト・アーマー》」を、剣ではなく大盾で実現してみせたらしい。

『魔刃影牙《ボーパル・シャドウバイター》～』

ナナが障壁を砕いた場所に、タマが忍術を上乗せした必殺技を放つ。

今度はそれなりに通ったみたい。

『魔刃突貫《ヴァンキッシュ・ストライク》、なのです！』

ポチが突撃して来るより早く、上級魔族が障壁を再生させたが、ポチは障壁ごと容赦なく必殺技で貫き、心臓を目指して巨大化させた剣を突き出した。

上級魔族が巨体に似合わない俊敏さで、ポチの攻撃を躱《かわ》そうと動き出したが、そうは問屋が卸さない。わたしの隔絶壁とタマの影縛りが上級魔族の回避を防いだ。

――げっ。

上級魔族が樹皮を内側から突き破って光線を放ってきた。

「ふぁらんく――」

ポチがとっさにファランクスを起動するが、先走った分の光線が抜けてきた。

「――なのです！」

ポチは身体を傾けて躱したけど、少し肩パーツをかすったみたいで、錐揉《きりも》みしながら吹き飛ばされた。

「ぽちー！」

タマが瞬動でポチを受け止め、上級魔族の追撃の光線を巧みなフットワークで回避した。

最後は焦《じ》れて拡散光線を撃ってきたが、それはナナの大盾と自在盾が受け止める。

空間魔法の「物品引き寄せ」でポチとタマを引き寄せた。

「怪我《けが》は？」

「はらほらひれはれ〜なおれふ」

「大丈夫そうね。目を回しているだけだわ」

「良かった〜」

ポチの無事を聞いたタマが、安堵《あんど》の吐息を漏らしてリザ達の所に駆け出した。

「ふにゅくりくらり、なのです」

ポチの身体が左右に揺れて、黄金鎧《よろい》の収納から「白竜の卵」が飛び出てきた。

どういう力を使っているのか、ふわふわと浮かんでポチの周りをくるくると回る。

「——はっ。卵のヒトに励まされちゃったのです」

「大丈夫？」

「はいなのです。ポチはこのくらいで、ぎばっぷしないのですよ！」

ポチがキリリとした顔でそう言うと、「白竜の卵」はポチの手の中に着地して動かなくなった。

ポチは卵を黄金鎧の収納に戻すと瞬動で戦場へと復帰する。

二人の間に会話はなかったけれど、なんとなく絆《きずな》のようなモノが感じられた。

「アリサ、二発目が来るわ！」

いつの間にか上級魔族がリザさん達と距離を取って光線の発射態勢になっている。

遠くて見えにくいけど、蔦《つた》のようなモノが一時的に皆《みんな》の動きを阻害していたようだ。

「ベヒモス、——天変地異《ディザスター》」

雷撃の雨が上級魔族に降り注ぎ、地面が裂けて上級魔族を呑《の》み込む。照り返しの赤い光からして、裂けた地面の下には溶岩が満ちているようだ。

ミーアが魔力欠乏で膝《ひざ》を突いた。

「ナイス、ミーア！　ルル、再チャージはまだ掛かりそう？」

わたしはミーアに上級の魔力回復薬を手渡し、ルルに加速砲の魔力チャージが終わっているか確認する。

「ごめん、アリサ。まだ三分の一くらいしか充填できていないの」

「分かった」

わたしは目視の短距離転移《ショートレンジ・リープ》で、上級魔族の上空——溶岩に呑み込まれた上級魔族が見える位置に移動する。

「自由落下、怖っ」

わたしはその一言で恐怖に蓋《ふた》をして、最大威力の上級魔法を叩《たた》き込む。

「——火炎地獄《インフェルノ》」

溶岩の熱量が上乗せされた火炎地獄が、上級魔族をこんがりと焼き上げる。漫画でも見た事があるけど、威力倍増ね。

下からの熱風が吹き上げて来たけど、黄金鎧の魔力障壁が防いでくれたのでノーダメージだ。

超高熱エリアに突っ込む前に、短距離転移を再使用してミーア達の傍《そば》に移動する。

――げっ。

さっきまでいた所を、地上から幾条もの光線が貫いていた。

危ない危ない。いつまでもあそこにいたら、穴だらけになっちゃうところだったわ。

「あれだけの攻撃で死なないとか、どんだけ頑丈なのよ」

『なんだか変～？』

わたしのぼやきに被《かぶ》さるようにタマが呟いた。

『アリサ、今の攻撃は地面の亀裂《きれつ》から少し離れた場所から上がったように思います』

リザさんがタマの疑問に感じた事を詳しく教えてくれた。

もしかして――。

「ミーア、ベヒモスを返して、ゲノーモスで地中を探ってくれない？」

「できる」

ミーアが首を横に振り、遠くでベヒモスが大地を揺らした。

「もしかして、ベヒモスにもできるの？」

「ん、可能」

ミーアが目を閉じて集中する。

『来る』

『『ファランクス！』』『なのです』

『フォートレスと告げます』

タマの声と同時にリザさん達やナナが防御障壁を全開にする声が聞こえた。

それとほぼ同じタイミングで、樹海の木々を吹き飛ばして極太の光線が空に抜ける。

——しまった、出遅れた。

「皆、大丈夫?!」

『イエス・アリサ。全員無事だと報告します』

良かった、わたしの隔絶壁抜きでも大丈夫だったみたい。

『今ので、ファランクスは打ち止めです』

『みーとぅ～?』

『ポチはまだ大丈夫なのです！』

『フォートレスがハングアップしたと告げます』

——げっ、ヤバイわ。

「アリサ、見つけた。本体は地下」

ミーアが少し長文で教えてくれた。

わたしの予想通り、上級魔族は地下に本体があるみたい。

「地上に引っ張り出せる？」

「ん、任せて。——ベヒモス、やって」

ベヒモスが地面に鼻先を突っ込み——そのまま上半身を地に潜らせて、勢いよく何かを咥《くわ》えて引っ張り上げた。

——キモッ。

サツマイモでいうと蔓に繋がったお芋の部分が上級魔族の上半身に変わったみたいな感じ？

「——火炎地獄《インフエルノ》」

宙を舞う上級魔族に向けて、すぐ使える中で最大威力の攻撃魔法を使う。

「加速砲——手順省略、緊急砲撃！」

ルルが使い捨て加速砲を取り出して、大地を固定具代わりにして砲撃を敢行した。

「——ここ！」

空間魔法による固定もなしに撃った加速砲は、大きく重心がブレていたが、それでもルルは最適なタイミングで引き金を引いて、上級魔族の本体を加速砲で撃ち抜いてみせた。

大ダメージを負った上級魔族が降ってくる。

そして、そんな絶好のタイミングを見逃すリザさんじゃない。

『ナナ！』

『イエス・リザ』

リザさんに促されたナナが空歩で空を駆ける。

上級魔族はパルスレーザーみたいに光線弾を放ってきたけど、ナナは魔法斬《ぎ》りの要領で光線弾を軽々と弾《はじ》き、必殺技の予備動作に移る。

『零《ぜろ》の太刀、「魔刃崩砦《ブラスト・フォート》」と告げます』

一番に宙を駆けたナナの必殺技が上級魔族の防御障壁を破壊する。

『一の太刀、影縛り――』

地上から伸びた影が上級魔族を雁字搦《がんじがら》めにし、影から現れたタマが両手に持った聖剣を青く輝かせる。

『――魔刃影牙《ボーパル・シャドウバイター》～？』

タマの必殺技が上級魔族の樹皮をずたずたに引き裂き、それを追うようにして現れた影の刃《やいば》が傷口を広げる。前回で学習したのか、影が楔《くさび》のようになって樹皮の再生を妨害しているようだ。

『二の太刀、イアイバットーからの――魔刃旋風《ヴァンキッシュ・スライサー》なのです！』

巨大化したポチの聖剣がタマの作った傷を押し広げた。

『三の技――魔槍竜退撃《ドラグ・バスター》！』

リザさんがポチの作った傷口から飛び込み、竜槍《りゅうそう》を使った必殺技で中核部位まで押し進んだ。

『絶の技。「魔刃爆裂《マナブレード・ブラスター》」』

リザさんの声と同時に、上級魔族の内側から青い光が漏れ出て、最後に内側から爆裂させてみせた。

破片が黒い靄《もや》になって消えていく。

「どうやら、倒せたみたいね」

仲間達が手を振りながら戻ってくる。

最初は神獣フェンリルに削ってもらったけど、わたし達だけで上級魔族を倒せたのは、けっこうな大金星じゃない？

『油断するな！　奴《やつ》はしぶといぞ！』

静かに回復に徹していた神獣が、ふらふらと立ち上がって警告した。

「ミーア、まだいる？」

「いない——待って」

ミーアがせわしく目を動かす。

それに合わせたようにベヒモスが周囲を見回し、一つの方向で首を止めた。

「いた」

さっきより小ぶりになった上級魔族が突進してくる。

大砲は持ってない。あれなら、今のナナでも——。

ベヒモスの首が動いた。

「あそこにも」

樹海の向こうに輝きが見えた。

ベヒモスがそちらに向かって駆け出し、樹海を引き裂いて放たれた極太の光線を、その身を以《もっ》て防いでみせた。

「ありがと」

精霊力となって散っていくベヒモスにミーアが感謝を捧《ささ》げる。

『ファランクスなのです！』

『たわいなし～』

ポチが拡散光線を防ぎ、タマが上級魔族の攻撃を回避し、ナナが通常攻撃を大盾で受け流して、リザさんが竜槍で体力を削る。

ダメだ。一体目に時間を喰《く》われている間に、二発目を撃たれちゃう。

わたしの攻撃魔法でも一撃で始末するのは無理――それなら！

『合図で離れて』

わたしは短距離転移でリザさん達の近くに移動する。

「今！　――空間消滅《ディスインテグレイト》」

『影縛り～？』

タマの忍術が上級魔族を縛り上げ、動けなくなった上級魔族の中心に向けて空間魔法を放った。

きゅごっという吸引音を残して上級魔族が抉《えぐ》れ、赤黒い魔核《コア》が剥《む》き出しになる。

『とー、なのです！』

『魔槍竜退撃《ドラグ・バスター》！』

ポチの攻撃は上級魔族の腕で防がれたが、ポチに気を取られた隙《すき》に放たれたリザさんの必殺技が、魔核を貫いて粉々にした。

上級魔族の身体《からだ》が黒い靄となって消えていく。

たぶん、本体が壊れた後だから、こんなに脆《もろ》いんだわ。

「来る」

タマの警告と同時に空間転移でルル達の傍に転移する。

神獣が森を縫って上級魔族に肉薄しているけど、もう一体の砲撃に間に合うとは思えない。

——再転移。

失敗？　しまった、魔力が足りない。

「ファランクス！」

「ファランクスなのです！」

ルルのファランクスは発動したけど、ポチの方も魔力不足で起動しなかったみたい。

一枚じゃ、どうしようもない。

「任せてほしいと告げます」

ナナが皆の前に立つ。

「無茶はダメ——」

「無茶ではないと主張します」

ナナがこちらを見て微笑《ほほえ》む。

ダメよ、ナナ。自分を犠牲にして——。

「——『不落城《キャッスル》』と告げます」

ナナの合い言葉《コマンドワード》と同時に黄金鎧《よろい》が変形し、朱色と紅色の光がフラッシュのように瞬いた。

——ほへ？

パタパタパタパタと障壁が生まれ、フォートレスとは異質な——だけどもっと強靱《きようじん》なドーム型の積層障壁を作り上げた。

そこに極太の光線が激突する。

ファランクスは一瞬で消し飛んだが、キャッスルの積層障壁は小揺るぎもせずに受け止めきったのだ。

「――凄《すご》っ。もう、こんな凄い防御障壁があるなら最初から使ってよね」

「マスターから実戦テスト前だから使わないようにオーダーを受けていたのだと告白します」

なるほど、それで使ってなかったのか。

砲撃した上級魔族は神獣が奇襲で倒してしまった。やっぱり、本体がないと脆いわ。

「でも、どっかで見た事あるのよね、コレ」

「ララキエの天護光蓋《てんごこうがい》に似ているんじゃない？」

「あー、確かにちょっと似てるかも」

さっきの朱色と紅色は神様達の聖光に似てたけど、何か関係あるのかしら？

「にゅ！　にゅにゅ！」

「あわわわわ、卵さんがまた飛び出てきたのです」

タマが慌て、ポチが自分の周囲を急旋回する卵にオロオロする。

「まだ、終わりではないようですね」

「一、二、三――全部で一三体いるみたい」

リザさんが深刻な声で言い、ルルが樹海の向こうに現れた上級魔族の数を教えてくれた。

そりゃあ、ラスボスはしぶといのが定番だけどさ。

これはないんじゃない？

◆

「一三体ってマジか……」

……最後《さいご》っ屁《ぺ》は一つだけにしてよね。

わたしもミーアも戦えるほど魔力が回復してない。ルルもファランクスを使ったから、最大威力で加速砲を撃つには魔力が足りない。新機能を使ったナナはもちろん、リザさん達もそんなに魔力が残っていないはずだ。無理をして上級魔族を倒した神獣も、そろそろ限界のはず。

「光」

――げっ。

ミーアが指摘する先、木々の向こうに見える上級魔族の上半身を下から照らす妖《あや》しい光があった。

きっと上級魔族の砲撃準備光だ。

「全《すべ》ての個体が砲撃を行った場合、防ぎきれる保証はないと告げます」

「分かってるわよ！」

手詰まりすぎて、きつい口調になっちゃった。

帰還用の転移を使うだけでも、魔力回復に六〇秒は掛かる。ご主人様にヘルプコールを出したいけど、距離が遠すぎるのと動揺のせいで上手《うま》く呼び出しができない。

どうする。どうしたらいい？

皆《みんな》の深刻な顔がこちらを見ている。

——ってタマ？

タマだけが、家猫みたいに何もない空を視線で追っている。

「どうしようなのです」

「しんぱいむよ～？」

「タマも真剣に考えてほしいのです！　ポチ達はとってもとってもピンチなのですよ！」

「なんくるないさ～」

気の抜けた顔でタマがぺたんと座り込んだ。

諦《あきら》めたのかしら、いいえ、そんなはずないわ——。

「見て～？」

タマが空を指さす。

「あっ！　なのです」

ポチも釣られて空を見上げ、笑顔になった。

わたし達も空を見上げる。

——流星だ。

いや、違う。あれはご主人様の魔法。満天の星のような数の光が雨のように降り注ぎ、一三体の上級魔族をあっという間に消し飛ばしてしまった——広範囲の樹海ごと。

そんな事をできるのは一人しかいない。

「お待たせ。なんとか間に合ったみたいだね」

「ごしゅ〜」

「ご主人様なのです！」

空から舞い降りたご主人様に、わたし達は歓声と共に抱き着いた。

エピローグ

〝サトゥーです。忙しい時期に小さなタスクが増えると、ついつい忘れて焦る事がままありました。今ではリマインダーが自動的に期限切れ近いタスクを教えてくれるので、そんな事も減りましたけど。〟

「遅れてごめんね」

抱き着いてくる仲間達に詫《わ》びる。

確認したら上級魔族が湧《わ》いてて焦ったよ。

慌てて反射レーザーの雨を降らせたから、上級魔族の巻き添えになった樹海の一部が焦土になってしまった。

「向こうは終わったの？」

「ああ、なんとかね」

先にアンデッド達と戦っていた冒険者達が、なかなか引いてくれなくて時間を喰ってしまった。

「タウロスのスタンピードは起きてないから大丈夫だよ」

「ひょっとして全滅させちゃった？」

「いや、皆のレベル上げに支障が出ないように、『土壁《ウォール》』で門を塞《ふさ》いで出てこられないようにしただけだよ」

簡単に出てこられないように、厚さ二〇メートルの「土壁」で塞いで「泥土硬化《ハード・クレイ》」で補強しておいた。それでも出てくるようなら、指導層のジェネラルやロードを倒してやればいい。次の指導層が現れるまでは時間が稼げるし、指導者のいないタウロスなんて仲間達のいい獲物だ。

「こっちは大変だったみたいだね」

オレは上級魔族戦の話を聞きながら、仲間達に「魔力譲渡《マナ・トランスファー》」で魔力を再チャージしてやる。最近はアリサとミーアの魔力が増えてきたので、オレも途中で魔力バッテリーからチャージする必要があるほどだ。

「そうだ！　ご主人様、フェンリルがどこにいるか捜してくれない？　ご主人様の事だから巻き添えにはしていないと思うけど」

「大丈夫だよ。ゴーレムを派遣しているから」

カリオン神の理論で作った空を飛ぶ軽量ゴーレムなので、神獣の巨体を運んでくるのではなく、彼に魔法薬を届ける役目を与えた。

「マスター、フォートトレス機能がハングアップしたと告げます」

──げっ、マジか。

「怪我《けが》はないか？」

「イエス・マスター。鎧を解除して触診しますかと問います」

「ダ、ダメよ！」

「破廉恥」

慌てて鎧の上からナナの身体《からだ》を触ったからか、鉄壁ペアの二人が超反応してしまった。

ＡＲ表示でもナナに怪我はないし、大丈夫だったらしい。

「フォートレスが動かなかったなら苦労しただろ？」

「ノー・マスター。キャッスル機能で挽回《ばんかい》したと告げます」

それは良かったけど、たぶんフォートレス機能がハングアップしたのはキャッスル機能を組み込んだせいだと思う。限界まで負荷を掛ける動作テストは何度かしたんだけど、それは言い訳にはならない。もっと、セーフティー回路を充実させないとね。

「ご主人様、要塞《ようさい》都市前の戦闘は終わってる？」

「終わってるみたいだよ。ほら、ティアさんがこっちに来るよ」

アリサに言われて確認したら、ティアさんに付けたマーカーがこっちに向かっている。

勇者ナナシの姿に変身して彼女の到着を待つ。

「ご主人様、今は大魔女様モードだから」

そういえば豪奢《ごうしゃ》なローブや杖《つえ》を装備しているし、帽子を目深に被《かぶ》って顔が見えないようにしているね。

「上級魔族を倒した魔法はそなたらのものか？」

「そうだよ、大魔女アーカティア」

せっかく口調を作って声を低くしているんだから、こっちも彼女に合わせよう。

「真なる勇者、そなたの助力に感謝し宴《うたげ》を催そう」

「ありがとう。だけど、まだ行かないといけない場所があるんだ。その宴は冒険者達をもてなしてあげてよ」

「そうか。ならば、止めまい。せめてこれを――」

ティアさんが護符をオレに差し出してきた。

複雑なルーンが刻まれた黄金に輝く護符だ。

「これは？」

「魔力回復を促す護符だ。大魔法を使う者ならば重宝しよう」

「いいの？」

「構わぬ。源泉と共にある我には無用の品だ」

「なら、ありがたく」

オレは護符を受け取り、仲間達を「理力の手《マジック・ハンド》」で浮かべ、オレ自身も天駆で空に舞い上がる。

「それじゃ、またね」

ティアさんに手を振り、オレ達は帰還転移《リターン》でその場を離れた。

◆

「サトゥーさん！」

着替えを終え、ついでに回収した子犬状態のフェンを連れて要塞都市アーカティアに戻ると、ロロとハムっ子達が勢揃《せいぞろ》いで出迎えてくれた。

「ただいま、ロロ」

「ルルさんや皆も、無事で良かった！」

仲間達もロロやハムっ子達に帰還の挨拶《あいさつ》をする。

「あら？　この子は？」

「保護したと告げます」

ナナの抱える子狼《こおおかみ》をロロが覗《のぞ》き込んだ。

「森の中で倒れているのを見つけたの。元気になるまで面倒見ようと思って連れてきたのよ」

「だったら、私が面倒見ます」

ロロが喰《く》い気味に宣言した。

「それはいいけど、狼とか犬とか好きなの？」

「いいえ、そういう訳じゃないんですけど……子供の頃《ころ》にも、同じような子を森で助けた事があるんです。あの時は子供だったから、途中からティアさんに預けちゃったんですけど」

ロロが子狼の頭を優しい手つきで撫《な》でる。

嫉妬《しっと》しているのか、単に構ってほしいのか、ハムっ子達がロロの足にくっついて鼻先を押しつけていた。

でも、そうか。たぶん、昔ロロが助けた子狼というのも、フェンの事だったんじゃないかと思う。

彼の言葉や行動からしても間違いないだろう。

「ずいぶん可愛《かわい》くなって――」

いつの間にか現れた弟子モードのティアさんが、子狼を覗き込んで呟《つぶや》いた。

「――ティアさん！」

「やっほー、ロロ。チビちゃん達も無事だったみたいで良かったわ」

ティアさんがロロに声を掛けた後、オレ達を見る。

「今日は夕方から、中央塔の前で防衛祝賀会があるから来てね。あなた達は来られるでしょ？」

さすがに彼女にはオレ達の正体がバレているようだ。

まあ、こちらも彼女の正体を掴《つか》んでいる事だし、彼女がその事を余所《よそ》で吹聴《ふいちょう》する事はないだろう。

「ロロ達と一緒に参加させていただきます」

「そう、良かった。主賓席の辺りにテーブルを用意しておくわね」

オレの答えを聞いたティアさんがそう言って頷《うなず》いた。

「オーホッホッホッホッホ！」

悪役令嬢みたいな高笑いが響いた。

ケリ嬢と秘書のトマリトローレさんの二人だ。

「無事だったようね、ロロ」

「ケリちゃん！　心配して来てくれたの？」

「ち、違うわよ！　た、たまたま――そうよ！　たまたま見つけたから顔を見に来ただけ！」

焦るケリ嬢を見て、アリサとミーアが「ツンデレ入りました～」「ベタ」と言葉を交わしている。

「トラブルがあったけど、勝負は勝負よ！　二つの品を先に集めた方が勝ちなんだからね！」

ケリ嬢が照れ隠しに、ロロを指さして叫んだ。

「――勝負？」

「はい、大魔女様の依頼の品をどちらが先に集めるかっていう勝負をしているんです」

首を傾《かし》げるティアさんに、ロロが説明する。

「それなら三つじゃないの？」

「寄生茸《きのこ》を既に持っていたので、残り二つの素材で勝負していたんですよ。『地下這い百合根《クロウラー・リリーバルブ》』は入手したので、残りは『マッシャー蛙《がえる》の舌』なんですけど――」

アリサを見たら、ニンマリと満面の笑みでアイテムボックスを開いて舌を取り出した。

「もちろん、あるわよ」

「嘘《うそ》！　嘘よ、こんなの幻覚だわ！」

まあ、昨日始めた勝負で、アンデッドの襲撃イベントで中断したはずなのに難入手アイテムが揃っていたら驚くよね。

「ええ？　本物だわ。本当に寄生茸もあるの？」

「はい、ここに」

格納鞄《ガレージ・バッグ》経由でストレージの寄生茸を取り出す。

「うわっ、本当だ。ありがとう！　これで重要アイテムが作れるわ！」

ティアさんが三つの素材を抱えて歓喜する。

「それじゃ、貰《もら》っていくわね。報酬は後で店の方に届けさせるわ」

ティアさんはそう告げると、スキップしそうな勢いでお付きの人達と一緒に行ってしまった。

「これで勝負はわたし達『勇者屋』の勝ちね！」

「……あうあうあう」

「お嬢様、今回は負けを認めて次の機会にリベンジですよ」

真っ白に燃え尽きているケリ嬢を連れてトマリトローレさんが帰って行く。

「それじゃ、オレ達も帰ろうか」

そう声を掛けてロロ達と一緒に勇者屋へと戻る。

「ロロ！　無事だった⁈」

「よう、ロロ。怪我はないようだな」

「元気そうで良かったぜ」

勇者屋の前には、常連の人達がロロの安否を確認に来てくれていた。なかなか愛されているね。

「ノナさん、それに皆さんも！　お怪我はありませんでしたか？」

「怪我は年中しているけど、勇者屋の薬のお陰で命拾いしたぜ」

「俺もだ。あの薬がなかったら、他《ほか》の奴《やつ》らみたいにベッドから動けないところだった」

「お役に立てたなら良かったです」

来たついでに消耗品を補充したいという常連客達の為《ため》に店を開き、夕方まで慌ただしい時間を過ごした。

さすがに死線を潜《くぐ》り抜けてきたばかりの仲間達に接客をさせる訳にはいかないので、彼女達は強制的に休養を取らせてある。

「それじゃ、ロロ。祝賀会で会いましょう」

「はい、ノナさん。お手伝いありがとうございました」

忙しすぎて目を回しそうなロロを見かねたノナさんが、途中から店の手伝いをしてくれていたのだ。

「店じまいしたら、祝賀会の準備をしよう」

「準備、ですか？　そうですね。都市を守ってくれた冒険者の皆さんに感謝を込めて、何かご馳走《ちそう》を作っていかないと」

腕まくりするロロは可愛いけど、ちょっと違う。

「そうじゃなくて、おめかししておいでって事よ」

店の奥からアリサがひょっこりと顔を出した。

「で、でも私、おめかしするような服なんて――」

「大丈夫です、ロロさん。私の服を貸しますから」

「――ルルさん」

ちょっと楽しそうなルルが、ロロの肩を押して奥へと連れて行く。

「幼生体もおめかしの時間だと告げます」

ナナが床で転がっていたハムっ子達を拾い上げ、いそいそと連れて行った。ちょっと心配だけど、ミーアが一緒だから大丈夫だろう。

「ちゃんと休憩できたかい？」

「ええ、栄養剤も飲んだし、ちゃんと寝たから大丈夫よ」

アリサ達にも祝賀会の準備をするように言って、オレは閉店作業を進めた。


「ご主人様、大変なのです！」


ポチが大慌てで奥から飛び出して来た。

「たいへんたいへん～」

タマも一緒らしい。

「どうしたんだい？」

「卵のヒトが大変なのです！」

ポチのお腹《なか》で左右に飛び跳ねる「白竜の卵」の事だろう。

勢い余って卵帯から飛び出した卵を、ポチがドッジボールのように両手と胸で受け止めた。

「急に暴れ出したのです。——大丈夫なのです。もう怖いのはいないのですよ」

ポチの言葉の後半は卵に向けられたものだ。

「ヒビが入ってる〜?」

「大変なのです！　このままだったら割れちゃうのです」

タマとポチがプチ・パニックだ。

——もしかして。

「孵化《ふか》するんじゃないか?」

「フカ〜?」

「フカって何なのです?」

「卵が割れて、赤ちゃんが出てくる事だよ」

オレの言葉を聞いたポチとタマが尻尾《しっぽ》と耳をピンッと伸ばしてびっくりした。

「赤ちゃんが生まれるのです?」

「おう、ぐれいと〜?」

見ている内にヒビは大きくなり、卵の一部が欠けて嘴《くちばし》のような鼻先が見えた。

「もう一息なのです！　頑張るのです！　ひっひっふー、なのですよ！」

「がんば〜」

タマとポチが必死に応援する。

いくら「全《すべ》てを貫く」竜の牙《きば》でも、この角度だと上手《うま》く使えないんだろう。

——LYURYU。

「鳴いた！　リュリュって鳴いたのです！」

「かわいい〜」

一瞬だけ、ボッと赤い光が卵の奥で見えた。

――まずい。

ポチとタマと卵を連れて、要塞《ようさい》都市アーカティアの外に「帰還転移」する。

転移を終えた次の瞬間、卵が内側から真っ赤に光り、小さな穴から炎が噴き上がった。

「にゅ？」

「あちゃちゃ、なのです」

火傷《やけど》しそうなのでポチの手から卵を取り上げ、「理力の手」で空中に浮かべる。

竜の吐息《ドラゴン・ブレス》を受けても卵が燃える様子はない。

子竜はブレスで割るのを諦《あきら》めて、鼻先で殻を割る事にしたようだ。

もしかしたら、普通は親竜が手助けするのかもしれないから、殻に指を掛けて割るのを手伝ってやる。

――硬い。

単純な力だと無理っぽいので、竜牙《りゅうが》短剣で割ってやる。

鳥の雛《ひな》みたいに刷り込みがあるかもしれないので、透明マントで姿を消しておいた。

――ＬＹＵＲＹＵ。

「卵のヒトが出てきたのです！」

真っ白な白竜だ。

「おめでと〜？」

「はっぴーばーすでーとーゆーなのですよ！」

——ＬＹＵＲＹＵ。

子竜は小さな羽をパタパタとしながら、ポチに向かってリュリュと鳴く。

まだ、空は飛べないようだ。

「ポチ、この子に名前を付けてあげなさい」

「はいなのです。この子の名前は——」

——ＬＹＵＲＹＵ。

ポチに頬《ほお》ずりして子竜が鳴く。

「——リュリュなのです！」

ポチが命名したと同時に、子竜とポチが白い光に包まれた。

もしかしたら、何か魔術的な経路《パス》が繋《つな》がったのかもしれない。

——ＬＹＵＲＹＵＲＹＵＵＵ。

澄み渡る空に、子竜の鳴き声とポチ達の歓声が響き渡った。

EX：飛行魔法

〝空を自由に飛ぶのは子供の頃《ころ》からの夢でした。それは英雄に憧《あこが》れるような現実感のない夢でしたが、あと少しで手が届くところまで来ました。手を貸してくれた人達に報いる為にも、絶対に実現させてみせます。

――ゼナ・マリエンテール〟


「きゃあああああああ」

迷宮都市セリビーラに隣接する荒野に、女性の悲鳴が響き渡った。

「ゼナ！」

セーリュー伯爵領の兵士リリオが、空を見上げながら同僚の名を呼ぶ。

その視線の先では、魔法の制御を失い錐揉《きりも》み状に落下する魔法兵ゼナの姿があった。

「くぅ、■■……」

焦るゼナの視界に地面が迫る。

そんなゼナの視界に割り込む白い影があった。

「カエルン、《膨らまし》だと告げます！」

誰《だれ》かの声と同時に、ゼナは全身に衝撃を受けた。

覚悟していた荒野の固い地面との衝突ではなく、ベッドの藁束《わらたば》よりも柔らかな感触が彼女を包み込み、次の瞬間、彼女を空に跳ね返す。

ぽよんぽよんと何度か跳ねる内に勢いは減じ、駆け寄ったゼナ隊のイオナとルウが受け止めた。

ようやく水平に戻ったゼナの視界に、お腹を膨らませた迷宮蛙《メイズ・フロッグ》の姿が映る。その向こうにはナナ姉妹の末っ子であるユィットの姿があった。

落下したゼナを受け止めたのは、ユィットの従魔である迷宮蛙だったようだ。

「ゼナっち怪我《けが》はない？」

「はい、大丈夫です」

真っ先にリリオがゼナの身体《からだ》を確認する。

「無事で何よりだと告げます」

「ユィットちゃんとカエルンちゃんもありがとう」

「無問題だと告げます」

ユィットが薄い胸を張ると、従魔の迷宮蛙も同じポーズを取った。

その姿に、こわばっていたゼナの顔が解《ほぐ》れた。

「ゼナさん、慣れるまでは高度を取らないように約束したはずですね？」

「そうだぜ、ゼナ。急に高度を上げたから焦ったぜ」

「ごめんなさい。制御を失敗してしまいました」

イオナとルウに叱《しか》られて、ゼナが肩をすぼめる。

「ユィットと従魔を喚《よ》んでおいて正解だったな」

「称賛は歓迎すると告げます。ユィットは褒められて育つのだと告知します」

ルウに頭を撫《な》でられたユィットが無表情のまま嬉《うれ》しそうに答えた。

「制御を失敗した時は、別の魔法に切り替えた方がいいかもしれませんね」

「『落下速度軽減《レジスト・フォール》』や『気壁《エア・クッション》』ですね」

イオナの助言にゼナも同意する。

普段の彼女なら高所から落ちても、「落下速度軽減」で勢いを減じつつ「気壁」の魔法で落下の衝撃を和らげる方法を採るはずだが、「飛行《フライ》」の制御回復に固執するあまり、そのタイミングを逸してしまったようだ。

「それか、落ちても大丈夫な水の上や砂漠の上で飛ぶ練習をするかだな」

今いる荒野は大砂漠からの砂が溜《た》まっている場所はあるものの、落下の衝撃を殺せるほどのクッション性はない。せいぜい、不時着時の怪我を減らすくらいのものだ。

「はい、もう少し対策を考えてから練習します」

ゼナはそう言って、もう一度この場にいる者達に頭を下げた。

◆

「やっぱり、大砂漠まで足を伸ばすしか……」

ギルド前広場に腰掛け、頬杖《ほおづえ》をついたゼナが憂鬱《ゆううつ》そうに嘆息する。

「ゼナさん、どうかされましたか？」

「——サトゥーさん？」

弾《はじ》けるような笑顔で振り返ったゼナだったが、視線の先にいたのは想《おも》い人ではなく、ペンドラゴン家の御用商人であるアキンドーだった。

その顔はサトゥーとは似ても似つかない。

(サトゥーさんかと思っちゃいました。どうしてだろう？　ぜんぜん似てないのに)

ゼナが内心で首を傾《かし》げる。

「そんなに私の声が子爵様に似ておりましたか？」

アキンドーが笑みを堪《こら》えて尋ねる。

なぜなら、その正体はサトゥー・ペンドラゴン子爵その人なのだから。

「ご、ごめんなさい、アキンドーさん」

「いえいえ、謝る必要はありませんよ」

アキンドーが笑顔で返す。

「お加減が優れないようですが、何か問題でも？」

「いえ、大した事じゃないんです」

「悩み事は他人に話せば楽になるといいます。愚痴でも構いません、話してみませんか？」

「実は……」

少し逡巡《しゅんじゅん》した後、ゼナは飛行魔法が上手くいかない事を打ち明けた。

「飛行魔法と言えば、上級の風魔法ですね。ゼナさんは飛行魔法をお使いになるほどの大魔法使い様だったのですね」

「いえ、私なんて、まだまだです」

「まだまだなんて事はありませんよ。十分、人に誇れる事です。ゼナさんのお師匠様は優れたお方だったのですね」

「はい、先生は厳しいけど優秀な方でした」

アキンドーはゼナが過去形で話すのに気付いたが、その事には触れずに話を進めた。

「飛行魔法の魔法書はお師匠様から？」

「いいえ、ヒカルさん——知り合いから、貸していただきました」

「それは良いご縁でしたね」

「はい。私が上級魔法を使えるようになったのも、その方のお陰なんです」

ゼナはブートキャンプの壮絶な日々を思い出しながら、少し黄昏《たそが》れた。

「ならば、その方に飛行魔法を習うのは？」

「その方は風魔法を使えなくて……」

ゼナが残念そうに眉尻《まゆじり》を下げた。

「でしたら、空を飛ぶのが上手な人に教えていただけばいいんですよ」

「上手な人ですか？　飛行魔法を使える方はそんなに簡単に見つからないと思いますけど？」

「違います。ただ飛ぶだけなら、鳥人や蝙蝠《こうもり》人の方が詳しいですすよ」

アキンドーの言葉に、ゼナは目から鱗《うろこ》が落ちるような顔になった。

そして、アキンドーに勧められるままに、伝令屋で屯《たむろ》する鳥人達に会いに向かう。


「空を飛ぶ方法？」

甲高い声で話す鳥人達は、獣人達と違って流暢《りゅうちょう》に話す。

「すいっと羽ばたいて、風に乗ってぴゅーっと飛ぶんだ」

「そうそう、ふわっと浮かんだら、すいーすいーって飛べるんだぜ」

鳥人達の説明は効果音とジェスチャーだけで、さほど参考にならない。

「もう少し、分かりやすいコツとかありませんか？」

「そう言われてもな～」

「物心ついた頃には飛べてたからな～」

見かねてアキンドーが口を挟んだが、鳥人達は自分達の説明の何が悪いかさえよく分かっていなかった。

「そうだ。あいつはどうだ？　落ち鳥のカイロスなら」

「カイロスさんですか？」

「ああ、成人くらいでようやく飛べるようになった奴《やつ》だ。あいつなら俺達と違って、人族にも説明できるんじゃないか？」

「そうだな。あいつは理屈っぽいから」

鳥人達はそう言うと、ゼナやアキンドーから興味を失い、自分達の雑談に戻った。

「では、カイロスさんに会いに行ってみましょう」

アキンドーがスタスタと歩き出す。

「あ、あの、アキンドーさん」

「はい、なんでしょう？」

「カイロスさんの居場所をご存じなんですか？」

ゼナにそう言われて、アキンドーが少し動きを止めた。

「ええ、一度、お見かけした事があるんです。きっと、今日もそこですよ」

マップで調べたとは言えず、詐術スキルの助けを借りて、それらしい理由を捏造《ねつぞう》した。


「彼のようですね」

アキンドーの視線の先、壊れた塔の上に座る翼人の少年がいた。

鳥人族のような逆三角形の体形ではなく、華奢《きゃしゃ》な感じだ。

「人族？　——いえ、背中に翼がありますね」

「翼人のようですね。私も初めて見ました。南方の半島に住む種族だそうです」

「半島と言うと、貿易都市タルトゥミナの向こうにある？」

うろ覚えの知識を確認するゼナに、アキンドーが首肯する。

「こんにちは、あなたがカイロスさんでよろしいですか？」

「何か用か？」

カイロスが塔の上から降りてくる。

「仕事を依頼しに参りました」

「いいぞ。何をどこに運ぶ？　先に言っておくが俺は他《ほか》の奴より遅いぞ。それでもいいなら雇ってくれ」

仕事の依頼が少ないのか、彼は相手が誰かも確認せずに承諾した。

「私が依頼したいのは彼女に飛び方を教える事です」

「人族に？　翼もないのに飛びたいのか？」

カイロスが目を丸くして驚いた。

「彼女は魔法使いなんです」

「魔法で飛ぶのか？　飛翔《ひしょう》木馬みたいに？」

「いいえ、あなた達と同じように風に乗って飛ぶのです」

「へー、それなら教えられそうだ」

カイロスは銀貨一枚を対価に、ゼナの指導を引き受けた。

彼らは迷宮都市の「蔦《つた》の館《やかた》」近くにある自然公園に場所を移す。

「ここで練習するんですか？」

「そうだ。転ぶにしても芝生の方が痛くないし、高い場所から落ちる時は樹木の上に落ちた方が、枝が緩衝材になる分、大きな怪我をしにくい」

ゼナが尋ねると、カイロスがここを選んだ理由を教える。

続けてカイロスは「これでも落ちる事に関してはベテランだからな」と自虐した。

「今はどのくらい飛べる？　全く飛べないのか？」

「一度は飛べたんですが、空中で制御を失って落ちてしまって……」

「ちょっと飛んでみせろ。すぐ地面に降りていいから」

「分かりました。■■……■　飛行《フライ》！」

ゼナが風魔法の「飛行」を発動すると、彼女を中心に強い風が巻き起こる。

伸び放題の芝生が波紋状に揺れ、千切れた草や虫が周囲に吹き飛ぶ。

ゼナはしばらくの間、地表で暴風をまき散らした後、姿を消すかのような勢いで空に舞い上がった。

あっという間に十数メートル上空に飛び上がり、バランスを崩して急降下を始める。

「きゃっ」

自身の魔法に振り回されて短い悲鳴を上げたゼナだったが、前に同僚達やユィットに助けられた時とは違い、制御を失ったと悟るとすぐに飛行魔法を解除し、「気壁《エア・クッション》」の魔法詠唱を始めた。

「……■　気壁《エア・クッション》」

発動が少し遅く、十分な減速もできずに地面に突っ込んだかに見えたゼナだったが、どんな奇跡が起きたのか、怪我一つなく自身の足で立ち上がってみせた。

「良かった、無事だったか。もうダメかと思ったぜ」

カイロスは気付いていなかったが、地面との接触寸前に「物理防御付与《エンチャント・フィジカル・プロテクション》」の魔法がゼナに掛けられ、さらに「理力の手《マジック・ハンド》」によって衝撃の一部が緩和されていたのだ。

もちろん、それを実行したのは、彼の横で見守っていたアキンドーだ。

「酷《ひど》いもんだな」

「すみません、上手《うま》く飛べなくて」

酷評するカイロスに、ゼナが頭を下げる。

「それで、どこを直せばいいでしょう?」

「羽ばたいて飛ぶのは風圧で分かったが、羽が見えないからどこが悪かったのか教えにくいな……」

改善点を問われたカイロスは、そう言って考え込んだ。

「でしたら、こうしたらどうでしょうか?」

アキンドーが懐から出した白い粉を振ると、それは空気の流れに乗って、その動きを可視化してみせた。

「ゼナさんに、この粉の入った袋を背負ってもらえば、継続的に空気の流れが見えると思いますよ。服が粉だらけになってしまいますが、そこは必要経費と思って諦《あきら》めてください」

「ありがとうございます、アキンドーさん」

ゼナが紐付《ひもつ》きのリュックを背負う。この紐を引くと粉が出るようだ。

「あんた……よく、そんなモノを用意していたな」

「こんな事もあろうかと思いまして」

唖然《あぜん》とするカイロスに、アキンドーはすまし顔でそう言った。

ゼナはサトゥー相手に慣れていたのか、さほど驚いてはいないようだ。

「それでは行きます。■■……■　飛行《フライ》！」

ゼナが再び飛行魔法を発動する。

「翼を単純に上下させるだけじゃ飛べないぞ。羽を上に戻す時は、空気を掴《つか》まないようにしろ」

「掴まないように？」

「こんな風にやるんだよ」

首を傾げるゼナに、カイロスが自分の羽でやってみせる。

「こう、ですか――浮いた！」

「そうだ！　上手いぞ！」

ふわりと地面から浮かび上がったゼナを、カイロスが自分の事のように喜んだ。

「左右のバランスを取れ、空気の密度や風は一定じゃないぞ、翼が掴む風の量を意識しろ」

「はいっ！　――うわわっ」

「焦るな！　失敗してもいいから、自分のやった動きと実際の挙動の関係を覚えろ！」

カイロスに指導されて、ゼナの飛行が少しずつ上手くなっていく。

その間にも何度か墜落したが、アキンドーの隠れたサポートで大怪我《おおけが》をする事なく、特訓を続ける事ができた。

「飛べた！　今度はちゃんと飛べました！」

「そうだ、その調子だ。油断せず、着陸しろ！　勢いを十分に殺して――そうだ！」

ゼナがふわりと舞い降り、ずどんと着地した。

「よくやった。今の感じを覚え込め。そうすれば、これからいくらでも飛べるようになる」

「ありがとうございます！　先生！」

「先生？　俺が？」

「はい、お陰で飛べるようになりました」

「俺が……」

カイロスが呆然《ぼうぜん》とした顔で呟《つぶや》く。

「――そ、そんな事より！　今の感触を忘れる前に練習しろ！」

「はい、先生！」

ゼナが飛行魔法を詠唱し、ふわりと空に舞い上がる。

それを地上から見上げ、カイロスが呟いた。

「先生、か」

「ええ、あなたはとても優秀な先生ですよ」

「柄じゃない。俺はいつまでも飛べなかった『落ち鳥』のカイロスだ」

「いいえ、あなたは間違いなく優秀な教師です。なかなか飛べなかったあなただからこそ、人に教

えられるのですよ」

「そうか……そうかっ」

カイロスが顔を伏せ、拳《こぶし》を震わせた。

怒りではなく、自分が人に誇れる仕事をし、それが認められた事に感動していたのだ。

「先生ー！　アキンドーさーん！」

ゼナが空中から手を振る。

アキンドーは充足感を噛《か》みしめるカイロスから目を逸《そ》らし、ゼナに手を振り返した。

次に彼がサトゥーとして彼女の前に立つ時、その時こそゼナと空の散歩をする事になるだろう。

アキンドーはそんな日を思いながら、ゼナの飛行練習を見守った。

あとがき

こんにちは、愛七《あいなな》ひろです。

この度は「デスマーチからはじまる異世界狂想曲」の第二三巻をお手に取っていただき、ありがとうございます！

前回に引き続きページが少ないので、新刊の見所を手短に語りましょう。

本巻では西方諸国を観光していた前巻とがらりと変わり、樹海迷宮の奥にある要塞《ようさい》都市アーカティアが舞台となります。

ｗｅｂ版で好評だったアーカティア編を多めに取り込んでいますが、さらにキャラに深みを持たせ、登場人物も追加してたっぷりとボリュームアップしていますので、ｗｅｂ版既読の方も楽しんでいただけるはずです。

シガ王国留守番組やアーゼさんの出番もマシマシなのでご期待ください！

行数が尽きそうなので、恒例の謝辞を！　担当のＩ氏とＡさん、そしてｓｈｒｉさん、その他この本の出版や流通、販売、宣伝、メディアミックスに関《かか》わる全《すべ》ての方に感謝を！

そして読者の皆様。本作品を最後まで読んでくださって、ありがとうございます！

では次巻、アーカティア編〔後〕でお会いしましょう！

愛七ひろ

お便りはこちらまで

〒102－8177
カドカワBOOKS編集部　気付
愛七ひろ（様）宛
shri（様）宛

カドカワBOOKS

デスマーチからはじまる異《い》世《せ》界《かい》狂《きよう》想《そう》曲《きよく》　23

2021年７月10日　初版発行

著者／愛七《あいなな》ひろ

発行者／青柳昌行

発行／株式会社KADOKAWA

〒102-8177
東京都千代田区富士見2-13-3
電話／0570-002-301（ナビダイヤル）

編集／カドカワBOOKS編集部

印刷所／大日本印刷

製本所／大日本印刷

Printed in Japan
ISBN 978-4-04-074156-7 C0093

『デスマ』から、
美味しいスピンオフが
始動――!!
月刊ドラゴンエイジにて
今冬連載開始予定!
作画 つむみ 原作 愛七ひろ
キャラクター原案：shri
カドカワBOOKS DRAGON COMICS AGE